三番目のプリンス

ブラス・セッション・ラヴァーズ

ごとうしのぶ

white
heart

講談社X文庫

目次

イラストレーション／おおや和美

三番目のプリンス

ブラス・セッション・ラヴァーズ

文化祭は文字どおり〝お祭り〟で。

自校であれ他校であれ（母校となれば懐かしさも加味されて尚のこと）その空間にいるだけでなんだかわくわくと楽しくなるもの、かもしれないが。

「律が三年生のときの教室ってここ？」

壱伊が訊く、興味深げに。「座ってた席ってどのへん？」

律は、高校の文化祭だけでなく、小学校や中学校の運動会や遠足などの学校行事でテンションが上がるタイプではなかった。緊張が先に立ち、どう楽しめばいいのかがまったくわからなかったのだ。それは今でも変わっていないのに、壱伊とふたりで母校の文化祭をまわる——案内をする、だけなのに、なんだか気持ちがふわふわしていた。

「ふうん、視力の申請をして、いつも前の方に座らせてもらってたんだ。でも律って乱視はひどいけど近視はたいしたことないんだよね？　前とか後ろとか関係なくない？」

おまけに口下手なので自分のこととはいえ質問されてもうまく返答できないし、人付き合いも下手だから（他人との適切な距離の取り方がよくわからないのだ。揉めたくないので、つい、離れがちである）、相手のプライベートな部分に踏み込むのも、踏み込まれるのも、たいそう苦手だった。

なのにどうしてか、壱伊による矢継ぎ早な（しかも、そこそこ踏み込んだ）質問すらもなんだか楽しい。

「近視はほぼなくて乱視だけで、メガネでちゃんと矯正してても、黒板との距離で目の疲労度が違うんだ？　それで前の席かあ」

　質問して、納得しては、次の質問へ。

「へえ？　律って毎日、お母さんが作ってくれるお弁当を持ってきてたんだ」

　ふうん、と、ちいさく頷いて。

　壱伊は一呼吸置いてから、ぼそりと、

「……だ、誰と食べてた？」

　と続けた。

　……え？

　……誰と？

　それまでもたどたどしい返答の連続であったのだが、ここに来て律は、みるみる返答に詰まる。

誰と？

いや、誰とも、食べてない。

高校を卒業してからはそれほどでもないのだが、幼い頃は、とにかく食が細くて食べるのも遅くて、小学校の給食では時間内に食べられず昼休みに突入してしまうことが、ままあった。担任の先生によっては、連帯責任で律が食べ終わるまで班の誰も昼休みに遊びに出られないという、拷問のようなルールが適用されたこともあり。

一分、一秒でも早く、グラウンドへ飛び出したい。

誰もが焦れ焦れとしているのに、律が食べ終わるまで皆で見守る。なんなら、励ます。

――いたたまれなかった。

食べるのが遅いことを、面と向かってからかわれたり悪く言われたりするのもつらかったけれど、陰で言われるのもつらかった。

だから中学受験を経て私立の祠堂に進学してからは、給食ではなくお弁当になったのを機にひとりで食べるようになったのだ。もちろん、ひとりで食べたかったわけではない。一緒に食べようと誘われたら嬉しいけれども、自分のペースが遅いせいでまわりに迷惑をかけるのは、しんどかった。

小学校での最大のストレスだった給食の問題が解決され、結果、ひとりでお弁当を食べていたという〝事実〟は、律にとって決して恥ずかしいことではなかったのだ。

今までは。

おかげで、つらい思い出しかなかった給食の時間が、自分のペースでちゃんと美味しく食べられる昼食の時間となったのだ。なのに壱伊にそう伝えようとした途端、どっと恥ずかしさが噴き上がってきた。

中学でも高校でもずっとひとりでお弁当を食べていた。なんて、それってまるで、自分には仲の良い友だちがひとりもいませんでしたと告白するようなものではないか。

目の前の壱伊は、明るくて快活で屈託もなくて、常に人の輪の中心にいて、たくさんの気の置けない友人や仲間に囲まれていて、律とは真逆の存在で。

その壱伊に、律にはお弁当を一緒に食べる友人すらいなかったとバレることに、――今、まさに今、抵抗が生まれた。

いや、律の友人の少なさはとっくの昔に壱伊にバレているような気もするのだが、ここで見栄を張ってどうする！　とも思うのだが、自分の口からわざわざバラすのが躊躇われて、言葉に詰まってしまう。

すると、

「いつもどこで食べてた？　教室？　それともどこか、お弁当を食べるのにお気に入りの場所とかあった？」

質問が変わった、興味津々に。

——助かった。

内心ホッとしている律の傍らで、壱伊にとっては〝初めて訪れた他校〟である祠堂学園の校舎は出し物をしているひとつひとつの教室だけでなく、広い校内のどこもかしこも派手に飾り立てられていて、平時の様子はややわかりにくいのだが、

「ふうん、兄弟校だけど、学院とはずいぶん雰囲気が違うんだなあ学園って」

ものともせずに理解を深めてゆく。

ずっと手を繋いだまま、壱伊の並外れた抜群のルックスに廊下を行き交う人々が二度見どころか三度見をして、けれど、どんなに人目を惹こうとも、周囲の注目を集めようとも壱伊は繋いだ律の手を離さない。

その壱伊の右手の小指には、やや幅広のシンプルなチタンの指環が鈍く輝いていた。律にも渡されたチタンの指環、お揃いを、壱伊が自作したのだ。律は、まるで結婚式の指環の交換のように自分の指にはめてくれと壱伊にねだられ、——あれからずっと、指にはめたままにしてるのかな。

だとしたら嬉しいな、と素直に思うと同時に、指環である、校則を破ってやしないかと少し心配になる。

学園ではアクセサリー全般が禁止されていた。指環とかピアスとかポイントタトゥーとか。でも髪の毛に関しては自由だった。染めてもパーマをかけても長く伸ばしてもサイド

カットであっても、特に注意されることはなかった。

学院では許されているのかな。それとも、校則違反なのに、はめたままでいてくれたのかな。それとも、普段は外していて、今日は僕に会うからはめているのかな。

――文化祭デート。

ずっと楽しみにしていたと照れ臭そうに壱伊が告げた。楽しみすぎて昨夜はろくに眠れなかったと。

デート、という単語に引っ掛かったものの、律もである。昨夜はなかなか眠りに就けなかった。

中学であれ高校であれ、自分が文化祭デート（？）なるものをする日が来ようとは、対人関係以上に恋愛ごとは苦手で奥手な律は、想像すらしたことがなかった。

先月、指環を壱伊から渡されたとき、トロンボーンを吹くのに邪魔ならば無理に指にはめなくていいですよ、ペンダントトップとして使ってくださいねと言われたものの、今日会った瞬間に律の指環の装着有無を素早くチェックした壱伊は、みるみる顔を曇らせた。

律は慌てて弁解をする。

だって、サイズがぴったりなのが左の薬指だけだったのだ。

父親が経営している世界的オーディオ機器メーカーのナカザト音響へ壱伊が遊びに行った際（幼い頃から気軽にちょくちょく行っているらしい）、社員の指導を受けながら工場の廃材を再利用して作った同じサイズの指環。壱伊から贈られたときには受け取るだけで指にはめなかったので、律には（壱伊にも）どの指にサイズが合うのかは不明だった。

　壱伊は、これまで付き合ったどの子にも、アクセサリーなどの常に身につける物をプレゼントしたことがなかった。ツーショットの写真はいくらでも撮ったし、スイーツを奢（おご）るのはむしろ好き。あげたくなかったわけではなくて結果的にその機会がなかっただけで、使う物（グッズ）というカテゴリーのプレゼントだとハンドタオルあたりだろうか。

　それがいきなり指環の登場である。

律へ贈るために、心を込めて壱伊が作ったのは明白で。

　意気込んで作ったはいいものの、受け取ってもらえるかが賭（か）けだったと、心臓バクバクだったと、後で教えられた。

　律が受け取ってくれただけでも嬉しかったはずなのに、本音ではやはりどの指でもいいからはめてもらいたかった壱伊だが、さすがに、まさか律の左薬指だけにしか合わないとは想定外だった。

　意味合いとしてもさすがに薬指へはめてくれと強くも言えず、なら、はめてくれなくても仕方ないかなと引き下がった壱伊へ、だから、指環はあのときの代案どおり、ペンダントトップにしていつも胸に下げているよと律が伝えると、壱伊は、それはそれで、なんだか恥ずかしいと照れた。

ふたりして、もじもじと。

そんなふうに始まった本日。

「学園って、付属の中学もあるんだよね？　律も付属から上がってるんだよね？」

繋いだ手を離さないだけでなく、壱伊による律のプライベートに踏み込んだ質問にも、まったく途切れがない。

大学二年生の律と、その律を「律」と呼び捨てで呼ぶ高校三年生の壱伊。ふたつ年下であることをも、壱伊はものともしない。

その壱伊が学んでいる、人里離れた山奥に立つ全寮制男子校の祠堂学院高等学校。その兄弟校の〝弟〟に当たる正反対の環境の人口の多い街中にある（敷地内に〝寮〟と呼ばれる建物はあれど、部活などの合宿でのみ使われている、機能としては短期利用の簡易宿泊施設である）祠堂学園高等学校。

学院も学園もどちらも私立の男子校で、世間からは〝お坊ちゃん学校〟などと呼ばれて久しい。

立地の相違以外に、学院は高校のみだが、学園には付属の中等部があった。そこかしこにいる学園の制服と同じデザインだが明らかに小柄な生徒たちは、私道を挟んで高校と隣接している中等部の子たちだ。

俺、律のこと、たくさん知りたい。

律と付き合いたい。

ほんの数ヵ月前のことである。壱伊から「付き合いたい」と告白されて、存在からしてスペシャルな壱伊とはあまりに不釣り合いな平凡な自分に、律は告白を受け入れることができなくて——。

おまけに、律には青天の霹靂の告白なのに、告白された当日に返事を急かされ、さすがに困惑しているとやっぱり返事は今日中でなくていい、むしろ先延ばしを、部長をしている吹奏楽部のコンクールが終わってから、いや、学院の文化祭（での高校生活最後の吹奏楽部のステージ演奏）が終わってから、いや、やはり、自分の大学受験が終わってからにしてくれと、立て続けに期限を延ばされ。

今は秋。

壱伊の大学受験は年明けである。

そんなこんなで、壱伊からの告白に、壱伊と付き合うことに律はまだ「はい」とも「いいえ」とも返事をしていない。そう、なので、自分たちはまだ付き合ってはいないのだけれど、手を繋いで、律は壱伊と、律の母校である祠堂学園の文化祭を楽しんでいる。

……まるで魔法のようだった。

壱伊と一緒にいるだけで、飽きるほど見慣れていた校舎が新鮮に輝いて映った。

まっすぐに絶え間なく好奇心を溢れさせ生き生きと校内を巡る壱伊と、律の目にはどこもかしこも眩しいばかりの壱伊と、いつまでもこうしていられたらどんなに楽しいだろうか、と、思った。

律はまだ、壱伊と付き合う覚悟ができない。

けれどちゃんと自覚している。

涼代律は、中郷壱伊に恋しているのだ。

——幻の美少年。

あまりに完璧な美少年なので、CGではないかとの噂すらあった。

世界に誇る日本の超一流オーディオ機器メーカー〝ナカザト音響〟の基本は、ホールやスタジオなどのプロ向けなのだが、一般ユーザー向けの機器も作っており、毎年更新されている一般向け総合パンフレットにモデルとして登場している少年が一部界隈の人々の間でたいそう有名であった。

幼児なのにスラリと手足が長く、顔も美しく整い、その目力の強さや物怖じしないポージングに、どこの芸能事務所の所属モデルだろうかと強く興味を惹かれて探っても、どこにも該当する子どもがいない。だが毎年更新される総合パンフレットには、少しずつ成長し、ますます魅力的になる少年の姿が掲載されていた。

正体があきらかになったのは、彼が小学校五年生のとき。全国音楽コンクールのトロンボーン部門決勝の舞台である。

会場である文化センターの中ホール。

壇上に現れた、手足の長い、ひときわ頭のちいさな美少年に、まだ小学生の小柄な彼が手にしているF管のないシンプルなテナートロンボーンに、人々はまず、どよめいた。

トロンボーンは、金属製のマウスピースから息を吹き込み、スライド（管）を前後に移動させて演奏をする金管楽器である。

第一から第七ポジションへ半音ずつ下がってゆく、その七つの位置の（ひとつの位置につき二オクターブの範囲の）全部で（基本的には）二オクターブと五度の音域を持つ楽器で、一番手前の第一ポジションから第六ポジションまではさておき、大人でもなかなか手が届かず使いこなすのが難しいのが、第七ポジションである。スライドを、マウスピースから先、停止帯管より六十センチほど向こうへと伸ばすのだが、それは成人男性の腕で、どうにか届く距離なのだ。

よって、手（人差し指なり中指なり）とスライドの支柱とを、あらかじめ長さを測った紐で縛り、第七ポジションのときにパッと向こうへ放つというアクロバティックな奏法もあるにはあるが、通常は、（他のコンクール参加者のように）切り換えのバルブによって低音を効率良く出すことのできる、空気の迂回機構であるF管が装着されたテナーバストロンボーンが奏者に選ばれることが、圧倒的に多かった。

F管のないテナートロンボーンの、第七ポジションを吹くときのみ、スライドを自在に操っていた親指人差し指中指の三本を支柱から離し、瞬時に人差し指と中指の先で器用に挟むよう持ち替えて（失敗したら正しい音程を取れないばかりか、スライドが勢いのまますっぽ抜けて床へ落ちてしまうリスクさえあるのに）長さを稼ぎ、紐を使うよりももっとアクロバティックでありながら、最後の最後まで正確にスライドを操る。

そうして、緻密で豊かな音楽を奏でたステージ上の少年へ、ホールに居合わせた全員が度肝を抜かれ、釘付けになった。

ナカザト音響の御曹司、中郷壱伊。

幻の美少年は実在し、以降、ナカザト音響の一般向け総合パンフレットから〝彼〟の姿は消えた――。

祠堂学院高等学校では、九月の文化祭でのステージ演奏を最後に吹奏楽部の三年生たちは部活を引退するのだが、二年前の高三の夏に、遅まきながら音大受験を目指す決意をした野沢政貴（のざわまさたか）は、当時、部活は引退したが楽器（トロンボーン）の練習をしたかったので、それまでと変わらず毎日部活の場へ顔を出していた。

もちろん合奏には参加しないし、部内では最上級生となった二年生が一年生へ指導する場面でも口を挟んだりはしない。

受験に向けてのトロンボーン練習の場所と時間を、部員たちに頼んで共有させてもらっていたのだ。

「よもや、それを中郷が引き継ぐとはね」

政貴が笑う。

進学の第一志望が超難関で有名なT工業大学である中郷壱伊。

しかも単願。

進路指導の先生や担任の先生から志望校を変更する気はないのかと、もしくは他大学も視野に入れるように、とか（要するに、壱伊の選択が学力的にまったくの身の程知らずなので、もっとちゃんと現実を見て決めなさい。という意味なのだが）、どんなに再三忠告されても、頑なに志望校を変えなかったのである。ナカザト音響の跡取り息子としては、オーディオを自分で設計開発できるくらいにはなりたい、未来の社長たるもの、製品の開発をするのも仕事のうち、と。

理想を持つのは悪くない。

ナカザト音響の社員たちがそれを望んでいるという話は聞かないが、未来の社長が奮闘していることを彼らは好感を持って受け止めている（らしい）し、それはそれとして現場のことは現場に任せておいてもらいたいと思っているかもしれないけれども、さておき、そんな壱伊に現在はもうひとつ、志望校が増えていた。

音楽大学。それも、政貴が通っている桜ノ宮坂音楽大学である。

毎週のように部活のOBとして、また祠堂学院吹奏楽部の若き創設者として、そして音大に於いて引き続き音楽を学んでいる道半ばの仲間として、この日曜日も政貴は単身母校の吹部へ指導に訪れていた。

人里離れた山奥の、斜面にへばりつくように建っている祠堂学院は、海から吹き上げる風も、山からの吹き下ろしももろに受けるので、夏は涼しく、冬は寒い。たいそう寒い。

年間を通して、温度計の数値より体感値は数度低いと思われた。

今の季節は、暦より一足早く秋から冬の気配へと。

よって、祠堂学院の敷地がとにかく広く、楽器の音もたいして他者の迷惑にならないのでどこででも練習し放題といえど、徐々に屋外での練習は厳しいものになってくる。

運動部で走りまわっているのならばともかく、もしくは同じ吹奏楽でもマーチングの練習ならばともかく、楽器は基本、じっとその場で練習する。冬本番ともなれば、しんしんと沁(し)みる冷えや寒さと闘いながらの練習となり、到底集中はできない。なんなら積雪とも闘うことになる。

吹奏楽で使われているほとんどの楽器は、演奏を続けていると呼気により楽器の管が温められて次第にピッチが高くなる。そこで少しずつ管（のトータル値）を長くして、ピッチを下げる必要があるのだ。

演奏前に正しくチューニングしておいても演奏中に徐々にピッチが上がるので、頃合いを見計らってこっそり調整するのだが、楽器によって方法は異なる。

たとえばサキソフォン属はマウスピースを僅(わず)かに抜くし、フルートならば頭部管を僅かに抜く。トロンボーンの場合はチューニング専用のU字の主管抜差管(チューニング・スライド)があるので、そのパーツを僅かに抜くことで音を低く微調整して全体の音と合わせるのだ。反対に、もし音を高くしたいのならばパーツを押し込んで音程を合わせる。

もちろん僅かなピッチの違いであれば、マウスピースへの息の入れ方（強さや角度）で音の高低バランスは取れるのだが、応急措置としては有効だけれど、長く安定した演奏をするためには統括して調整した方が圧倒的に効率は良い。

音というのは基本的に、短いと高く、長いと低くなる。よって管楽器であれ弦楽器であれ、低音楽器は総じて大きく（長く）、高音楽器は総じてちいさい（短い）。加えて音は、温かいと上がり、冷たいと下がる。

直射日光に当てられ続けた金属（金管ではなく）楽器のピッチの上がり方は凄まじく、高くなったのでピッチを合わせ、また高くなったので合わせ、また高くなったので合わせと繰り返しているうちにフルートの頭部管をぎりぎりまで抜いた結果、かろうじて本体に繋がっている、などという危なっかしいケースも（真夏の屋外の運動部の応援の場面などでは）発生する。

寒さに晒されていると、金属楽器はきちんとチューニングしておいても、音が下がっていってしまう。金属は木に比べて熱伝導率が高いので温度変化が激しいのだ。環境の変化に敏感に反応してしまうものなのである。冷えを防止するために、音が出ないよう注意してたびたび管の中へ息を吹き込んで、温度を保つ工夫も必要である。

まだそこまでの寒さではないが、風が吹くと秋なのに冬を感じた。

お世辞にも屋外での練習が快適であるとは言いにくいけれど、後輩部員の活動の邪魔にならないよう校舎の外れでひとり黙々とトロンボーンの練習をしていた壱伊へ、政貴は自販機で買ったばかりの温かいペットボトルを二種類、差し出した。

「お好きな方をどうぞ」

と。

指導している吹奏楽部の限られた休憩時間に、祠堂学院の広大な敷地のどこにいるかわからない自分をわざわざ探し出し、差し入れまでしてくれた政貴に、それだけで壱伊は嬉しくなる。

嬉しいは嬉しいのだが、本日の指導者は政貴だけで律は同行していないと前もって知らされていたので、がっかりこそしなかったが、次にいつ来てくれるのか、正直、それが気になって仕方がなかった。

練習に没頭してすっかり忘れていたそのことを、政貴の顔を見た瞬間に思い出した。

なにか物言いたげに、もぞもぞしている壱伊へ、

「涼代くんと、祠堂学園の文化祭でふたりっきりのデートをしたんだろ？」

政貴はすかさずからかう。

「いえ！　ツナたちも一緒でした！」

「渡辺(わたなべ)たちが一緒だったのは知ってるし。そもそも学園の文化祭を訪ねた目的は、学院吹部の新しい部長と副部長が、学園の吹部に挨拶(あいさつ)するためなんだから」

笑ってしまう。「今更おかしな言い訳はしなくていいよ、中郷」

それはそれで微笑ましいけれども。

兄弟校とはいえ学院と学園はあまりに遠く離れており、目立った交流も特に行われていないので、学院生と学園生はお互いにお互いのことをさほど知らない。学校に関しても、さほど知らない。

昨年の新部長と新副部長だった中郷壱伊と渡辺綱大。にもかかわらず昨年の学園の文化祭へ、面倒臭いだのなんだのとごねて挨拶に出向かなかった壱伊は、まあ、ある意味、通常運転だったのだが、ならば仕方あるまいと（周囲にあっさり受け入れられてしまうところも、ある意味、通常運転である）綱大が単身、部長代理も兼ねて、学園の文化祭へ挨拶に出向いたのであった。

百年近い歴史ある名門の祠堂学院だが、なぜか、どこの高校にも必ずといって良いほどある吹奏楽部が開校当時から存在しなかった。ほんの四年前に新設された吹奏楽部の三代目部長と副部長が壱伊と綱大だ。

当事者だったときにはばっくれたのに、今年、四代目の部長と副部長が学園へ挨拶に出向くのに便乗して、壱伊は初めて祠堂学園を訪れたのであった。——学園が律の母校であり、律と文化祭デートがしたかったからである。

話を戻そう。

「俺は、中郷が誰に命令されたわけでもないのに、毎日毎日真面目にトロンボーンの練習を続けていて、感心してるって言いたかったんだけどね」

今日だけに限ったことではないのだが、誰も聞いていない場所で、ひとり黙々と地道に練習を重ねている壱伊。誰に見られていなくても、手を抜くどころか、演奏への探求心を剝き出しにして集中している。

「あー……」

壱伊はみるみるうちに照れて、はにかむ。「夏休みに桜ノ宮坂に行ったとき、……刺激受けたんで」

「なるほど。きっかけは、やっぱりそうか」

夏の終わりのある日、壱伊に奇跡のような出来事が起きた。桜ノ宮坂で。生涯にあのような奇跡的な場面は二度と訪れないであろうレベルの、素晴らしい出来事だった。

肝心の瞬間に政貴は立ち会えなかったのだが、余韻だけで充分であった。

「せっかくだから、温かいうちにどうぞ」

立ったまま練習していた壱伊を促して、ふたりで乾いた草の上へ座る。

政貴が自分のペットボトルをひょいと掲げると、壱伊も受け取ったペットボトルを掲げて、ぽこんと乾杯をした。

「……いただきます」

政貴へ会釈してから壱伊はペットボトルの蓋(ふた)を開け、一口含む。「……うまい。甘い。あったかい。沁みるー」

「すっかり、ホットドリンクがありがたい季節になっちゃったね」

「たまに冷たいのも飲みたいですけど。炭酸とか」

「ああ、わかる。喉(のど)が渇いて、一気に呷(あお)りたくなる日もあるね」

「でも今日は、あったかいの、ありがたいです」

微笑む壱伊に、

「それは良かった」

政貴も微笑み、自分も一口飲み物を含むと、「桜ノ宮坂で刺激を受けた中郷が、志望校にうちの大学を加えたことは理解できるんだけど、前から気になっていたというか、疑問だったんだけれども、中郷クラスならば、そもそも中学のとき、高校に進学するタイミングで、全国の名だたる音大付属からスカウトを受けたんじゃないのか？　なんなら、中学進学のタイミングとかでも？」

なにせ壱伊は小学生の時点で、並み居る年長者をものともせずにトロンボーンで日本一を獲得しているのだ。

「音大付属の中学とか高校からのスカウトってことですか？」

壱伊は、うーむ、と記憶を辿りつつ、「どうだったかなあ？　中学は幼稚舎から私立の持ち上がりだったし、高校は、両親がとにかく俺を祠堂学院に行かせたがってて、壱伊には外部受験をさせます、祠堂学院へ行かせます！　って、ことあるごとに周囲に公言して
て、俺にも、なにがなんでも祠堂学院へ行きなさいって言ってて」

「一方的に親から言われてたんだろう？　中郷としては、親への反抗はなし？」

「ないです。俺、高校はどこでも良かったんで」

「どこでも……！」

それはまた、潔いな。「そうか、うん、それはそれで、中郷っぽいか」

「中二の頃からずーっと言われてたから、刷り込みって言うんですか？　俺、もうすっかりそのつもりでいました」

「中学二年の頃から？」

となると、中学進学はともかく高校進学のタイミングで、もしスカウトがあったとしても、保護者に話を持ちかけた段階で門前払いをされ、壱伊の耳まで届いていない可能性は高そうだ。

あれ？　中学二年？

「って、――ああ！　ギイと親しくなりなさいっていう、例の、親からの指令で？」

政貴が弾けるように言った。

日本の高校に留学することなどあり得ない世界的大企業の御曹司で（おまけに天才的な頭脳の持ち主で）この機会を逃したならば、生まれ変わっても知り合うことすらないであろう、中郷壱伊だとしても、住む世界の違う人だ。――政貴など、天地が引っ繰り返っても本来は縁のないはずの人物である。

なにがなんでも崎義一と懇意になること。

という密命を帯びた様々なジャンルの御曹司が集結しているのが、実は、壱伊たちの学年であった。――ギイが在校していることによって学院の入試に於ける競争率と、連動して偏差値が爆上がりした。入学金や授業料などの変動はなかったが、保護者が自主的に納めている寄付金などは（強制でないかわりに上限もないので）とんでもない数字になっているのかもしれない。――下世話な話ですが。

「それです。親しくってのは無理だとしても、最低限、同窓に」

「なるほどねぇ」

納得だ。「ギイとのツテは〝同窓〟に集約されていたわけか」

同窓生という繋がり。

それは生涯に亘って有効な繋がりでもある。

入試に受かり、晴れて学院に入学したと同時に、最低限のミッションはクリアしたことになる。

「野沢先輩は、ギイ先輩と仲が良かったんですよね？」

もちろん、政貴たちの年代にはそのような意識は欠片もなかった。入学してから、同級生に崎義一がいたからだ。

「仲が良かったというか、ギイには、入学当初から世話になりっぱなしだったんだよ」

「……世話に、ですか？」

「吹部を立ち上げるときに尽力してくれて、なにせ、まったくのゼロからのスタートだったからね、部員を集めるのにも、一から楽器を揃えるのにも、部の運営とかいろいろと、常に力になってもらっていたんだよ。だから、仲が良かったというよりは、俺が一方的に世話になりっぱなしだったという関係かな」

ギイは頑張っている人を目にすると捨てておけない性格をしていた。損得勘定など一切なしで応援してしまう。

吹奏楽部を、まずはとにかく立ち上げるべく政貴が孤軍奮闘していた日々に春風のようにふわりと現れ、数々のハードルをあれよあれよと（彼のサポートによって）クリアさせてもらったのだ。

吹部を立ち上げたのは政貴だが、実際に動いたのも政貴だが、楽器をひとつ用意するのも容易なことではないのだ、もしギイのサポートがなかったならば、卒業の頃にようやく部として体裁が整いつつある、という程度だったかもしれない。在学中にコンクールを目指すなど、到底不可能だったかもしれない。

吹部のエースでもあった壱伊に、以前、入部のきっかけは政貴だったと言われたけれども、それは光栄なことなのだが、そもそもギイが祠堂学院にいたから〝中郷壱伊〟は祠堂学院へ入学してきたのだ。

政貴にとって、ギイの恩恵は計り知れない。

「俺たち新入生からは、ギイ先輩って、強烈なバックグラウンドを抜きにしても、クールだし、あの美貌だし、めっちゃくちゃ近寄りがたくて、むしろちょっと怖い存在だったんですけど――」

傲慢とか横柄とかいうことではなく、どこまでも自然体な壱伊は誰が相手でも物怖じしないが、その壱伊が、ビビッて（最後まで）近寄れなかった崎義一。

遠目ではただただ綺麗な（整いすぎていてまるで造り物か最高峰のＣＧのような）イケメンなのだが、間近にすると迫力が半端なかった。近づくのにも緊張し、迂闊には接せられない、話しかけることすら躊躇するような、そういう迫力。

「――そんなに面倒見の良い人だったんですか」

意外だなあ、と、続けた壱伊へ、

「俺には、中郷も充分に意外だけれどね」

トロンボーンの天才なのにそのことへのこだわりは薄く、音楽への愛も深いのにその道を（積極的に）進む気はない、という壱伊。「実にもったいないなあ」

「え？　なにがですか？　もったいない？　俺がですか？」

壱伊が嬉しそうに距離を詰めて訊く。

額がぶつかりそうなほど近づいた壱伊の整いすぎた綺麗な顔。その壱伊をして、近寄りがたくて怖いほどの〝あの美貌〟と言わしめる、ギイこと崎義一という存在。

そのギイを引き寄せたであろう、友人の（今となっては親友なのか？）葉山託生。

ギイだけでなく、どれほどの人々のおかげによって自分の望みが叶っていったのか、おそらく政貴本人にすら把握しきれないだろう。

にこにこしている壱伊の額を、軽くぴしりと指の腹で押しやって、

「はいそこ、調子に乗らない」

窘めると、自覚のある壱伊はてへへと笑ってから、

「あのっ、野沢先輩、次の吹部の指導のときには、り、じゃない、涼代さん、同行してくれるんですか？」

悪びれず、一番知りたかったであろう質問を政貴にした。

「まだわからないけれど、年内にもう一度くらいは参加してもらう予定だよ」

「……年内。来週も、年内」

「こらこら、希望的観測はほどほどにね。それはさておき、中郷に折入って話があるんだ

けど、いいかな？」

政貴が声を改めると、なるほど、飲み物は単なる陣中見舞いの差し入れではなかったのか、などと考える間もなく、

「はい、いいです！」

壱伊はすっと背筋を伸ばした。

「――う、うちの音大、の、秋のオープンキャンパス、に、な、中郷くんを？」

律が訊き返すと、

「そう。なんとしても参加させろって」

野沢政貴が苦く笑う。「訂正。参加するように中郷を口説きなさいと、またしても樫原(かしはら)教授からきつく言われてしまってね」

「きつく？」

葉山託生が反応する。

トロンボーンの樫原教授、愛想の良い明るい雰囲気の、――いや、人は見かけによらないと言うが。

「なんとしてもって、門下生に対してそんなに高圧的なんだ、橿原教授って……。知らなかった」

桜ノ宮坂音大の場合、ひとりの教授が一学年につき数名の門下生（弟子）を持つ。楽器によって学生の全体数が大きく異なることもあり〝数名〟にはかなりの幅があるのだが、トロンボーンの場合は一学年につき、三、四人くらいだろうか。

律と政貴は共に、橿原教授にトロンボーンの実技指導を受けている同門生である。

一方、託生の専攻はバイオリンなので、バイオリンの教授陣についてはそれなりに把握しているのだが、複数いるトロンボーンの教授だけでなく、他の金管楽器の教授に関してもさほど詳しくはない。かろうじて顔と名前が合致する程度だ。橿原教授が橿原なにがしなのか、託生は下の名前までは知らなかった。

「知らないといえば俺もバイオリン科の教授にはそんなに詳しくないし、その点では多分お互いさまなんだけど、葉山くんは入学して以降、超絶に多忙を極めていたものね、よそ見をしている暇はぜんぜんなかったよねえ」

他楽器の指導者情報に詳しくなることを〝よそ見をする〟と表現するのが適しているかはわからないが、いつ見てもぱんぱんに張り詰めた表情の、多忙と緊張と困難さとで押し潰されそうな日々を全力で駆けていた託生。口に出さずとも誰もが不可能だと踏んでいたゴールを見事に決めた託生に、政貴はいたく感心していた。

託生は入学直後から超絶狭き門の特別交換留学生に選ばれるために、毎日毎日死に物狂いでバイオリンの練習をしていた。そのうえ卒業後の進路を見据えて教職課程も取っていたので取得単位の多さや課題の多さに、文字どおり、自分のことだけ、目先のことだけで、手一杯だったのだ。

二年に進級したこの春、周囲の予想を大きく裏切って（誉め言葉である）見事に特別交換留学生に選ばれ、晴れて迎えたアメリカ・ニューヨークのマンハッタンにて七月から八月にかけて一ヵ月ほどの留学を（選考基準もきついが留学そのものも内容はきつい）終えて帰国した託生は、それまでの鬼気迫るぱんぱんに張り詰めきった様子から一転、（リバウンドなのか）空気の抜けた風船のようにしおしおしていた。

ほやんとした緊迫していない葉山託生。大学で託生と知り合った人々にはまるで別人の如くであろうが、政貴には馴染みのある託生の素の姿である。

本人としてもすっかり〝通常モード〟となった託生は、そんなこんなで教授たちを拍子抜けさせているそうだが、人間、いつまでもがむしゃらに邁進できるはずもなく、留学後なのに留学前よりバイオリンが下手になっていると他のバイオリン科の学生たちから陰口を叩かれようとも、ひっくるめて気にもせず、政貴たちとの友だち付き合いも通常モードとなったので、留学前より毎日がとても楽しそうだった。

もちろん政貴は、託生が毎日楽しそうである本当の理由を知っている。

留学を叶えただけでなく、なにより望んでいたものを、託生は留学先のマンハッタンで得てきたのだ。

それは、政貴にとってもたいそう嬉しい出来事だった。だから政貴もこのところ毎日が明るい。

そして律もこのところ楽しそうに過ごしていた。――託生の件とは関係なく。

三人が学ぶ四年制の私立桜ノ宮坂音楽大学（大学院は二年制）での講義は、基本一コマ九十分で（合奏はこれに準ずるが、実技の個人レッスンのみ、この限りではない）午前に二コマ、午後にも二コマ、必要とあれば夜間にも行われる場合がある。――オーケストラの実技練習などは（オケの規模の大小にかかわらず）たいていスタートは夕方以降だ。

午前に受けている講義はバラバラだったが、本日午後イチの『教育原理』は教職課程を履修している学生には必修科目で、仲の良い友人であり教職の履修仲間でもある律と政貴と託生の三人は、待ち合わせてから大学構内の学食で財布に優しいお手頃価格の昼食を済ませ、音楽ホールを含めいくつもの建物が点在する広い構内を、教育原理の講義が行われる講義室へと向かっていた。

「あ、秋、のオープンキャンパス、って、いつ、から、だっけ？」

親友と呼ぶにはおこがましいが、限りなくそれに近い親しい友人たちとの会話であれ、壱伊の話題になるとつい、律は緊張する。〝壱伊〟の名前を耳にしただけでふわっと体温が上がる自分に、意識し過ぎの自覚はあるが、わかっていてもコントロールはできない。

緊張すると途端に言葉が躓きがちになる。

壱伊のことだけでなく、些細なことでも緊張しがちで言葉も躓きがちな律を理解している政貴や託生は、さほど気にせず会話を進める。

「来週からだよ、来週から五日間」

政貴が返す。

「ら、来週⁉」

律は榲原教授の諦めの悪さに驚いた。五日間の開催となれば当然学校の授業に食い込むので、いくら壱伊からの信望の厚い政貴であっても、「く、口説く、って、今から、は、さすがに、む、無理、だよね」

高校生には、夏休みと冬休みの間に五日間のまとまった休みなど（土日に振り替え休日を足しても最大三日間である）存在しない。当然、学校を休んでの参加となる。

「オープンキャンパスまでに一週間ほどしかないよね。野沢くん、それって、中郷くんなら、ぎりぎりの飛び込みでも申し込みを受理するって意味？」

と、託生。

「そうだよ」

大きく頷いた政貴は、「なんなら、当日の飛び込み参加でもウエルカムらしい」

「……そうなんだ！　当日の飛び込み参加でも、中郷くんなら歓迎なんだ！」

　託生は驚いて、「凄(すご)いなあ、中郷くんって。——あれ？　でも、大学側が特別待遇したくなるほど中郷くんのトロンボーンが素晴らしいのは周知の事実だし、国内のどの音大でもなく桜ノ宮坂に入学してもらいたいとしても、それなら大学のスタッフが直接スカウトすれば済む話なのに、櫃原教授がオープンキャンパスにこだわるのって？　どうしてそんなに熱心なんだい？」

　オープンキャンパスに、こだわる。

　ほやんとした空気を纏(まと)っているのに、鋭い託生の疑問（指摘）に、さすが葉山くんだなと感服しつつも、

「あー、それは……」

　政貴は言葉を濁す。「俺が、夏のオープンキャンパス参加を口説き損なったから、秋こそは、とかなり前から教授に頼まれていて、だから中郷に話してないわけじゃないんだけど、既に打診はしてあるんだけどね、中郷にその気がまったくないからなあ、参加は難しいだろうなあ」

「……うん」

　律は静かに政貴の意見に同意する。

　桜ノ宮坂にどうしても入学したいのならば、大学が開催する夏と秋のオープンキャンパ

スのどちらかに参加するのは、受験生にとって絶好の機会である。アピールに成功すれば入試でのポイントアップに繋がる。推薦の枠が取れるかもしれないし、もし受験当日の実技が不調であったとしてもそれだけで判断されず、オープンキャンパスでの演奏を加味してもらえるのだ。

日程が流動的なので、昨年などは秋というより冬では？　という時期に行われていた。ともあれ、夏のオープンキャンパスは夏休み中の開催だが、平日にぶつけて行われる秋のオープンキャンパスは高校の授業を休まないと受けられないだけあって、大学へのアピール度は相当に高い。そう、大学にとって受験生の覚悟を容易に測れる機会でもあるのだ。単願で桜ノ宮坂に入りたいのならば、夏休み中に行われる夏のオープンキャンパスに参加するより、断然、秋のオープンキャンパスに参加すべきだ。

ちなみに律は高校三年生のとき、秋のオープンキャンパスに参加した。

夏にはまだ、音大受験が自分の中で固まっておらず、志望校も絞り切れていなかった。いざ音大を受けようとして、音大の受け方がまったくわからないことがわかった。そこで慌てて各音大の受験方法の詳細を調べ、そのときに桜ノ宮坂音楽大学が秋のオープンキャンパスを開催していると知ったのだ。

桜ノ宮坂は、音大だからというだけでなく新設校ということもあり、過去に祠堂学園から進学した生徒はひとりもいなかった。高校側には合格の実績も大学から与えられる推薦枠もなく、教師のアドバイスも特にはなかったので（祠堂学園には名前こそ異なるが系列大学が都内にあり、エスカレーターに乗る生徒ばかりである。大学の外部受験は珍しく、しかも音大はレアケースだったので、アドバイスができなかったのかもしれない）自主的に秋のオープンキャンパスに参加したことは、意味合いこそわかっていなかったが、律にとって結果的にラッキーだった。

なのだが。

小学生にして日本でトップの座を得ている壱伊には、夏のであれ秋のであれ、オープンキャンパスに参加するメリットがない。壱伊にスカウトがかかっているという話を律は聞いたことはないのだが、仮にスカウトが動いているなら、桜ノ宮坂は私立なので、交渉次第で無試験合格になるかもしれないし、通常どおりに受験するとしても、壱伊ならば受験当日のコンディションが絶不調だったとしても、（大袈裟な表現でなく）ダントツの成績で実技はクリアだ。

そもそも壱伊の大学受験の第一志望は、家業のナカザト音響の仕事を深く理解したいという理由で工業大学なのだ。

それも超絶難関のT工業大学。

壱伊の学力では合格は（たとえ太陽が西から昇っても）不可能だと、何度となく担任や進路指導の先生から志望校の変更をと勧められているのだが本人の決意は固く、超絶難関に果敢に挑戦する予定である。現在、猛烈に受験勉強を頑張っている。

初心に変わりはないのだが、第二志望はここ、桜ノ宮坂音楽大学であった。

オープンキャンパスに参加する気はないとしても、放っておいても、冷やかしなどではなく、ちゃんと入学を前提に、壱伊は桜ノ宮坂を受験する予定なのである。——T工業大学の方は（結果として）記念受験になるかもしれないが。

頑なにT工業大学一本で行こうとしていた壱伊の心を変化させた要因のひとつは、律との出会いであった。他にも、壱伊の心を激しく揺さぶる出来事があり、志望大学をひとつ増やすことになったのである。

祠堂学院の文化祭で、受験先に律の通う音大を増やしたことを壱伊から直接伝えられたとき、しかも、このことを伝えるのは涼代さんが最初だよと、まるで恋の告白のように教えられたとき、——さすがに今は壱伊の受験先がひとつ増えたことは皆が知っている——律は素直に嬉しかった。

その後、壱伊が桜ノ宮坂を受験することになったことを、律は積極的に誰かに話したりはしていない。誰にも訊かれていないので、誰にも教えていない。橿原教授からも尋ねられてはいないので、律はその話を橿原教授としたことはない。もしかしたら政貴が伝えているかもしれないが、確かめたことはないので、伝えたかどうかは知らなかった。

もし、橿原教授が壱伊が桜ノ宮坂を受験すると知っていて尚、オープンキャンパスへの参加をと政貴をせっついているとしたら、目的が透ける。

大学側の熱い希望ではなく、橿原教授個人の熱い希望だ。

橿原教授は〝天才トロンボーン奏者の中郷壱伊〟を囲い込みたいのだ。あの中郷壱伊を桜ノ宮坂へ導いたのは自分だと周囲に知らしめ、大学内に於ける教授陣内でのパワーゲームの優位に立つために。

政貴は真面目な表情で、

「無理と承知でも必死に受験勉強を頑張っている中郷に、彼(あいつ)にしてみたら赤子の手を捻(ひね)るように楽勝の音大受験のために大事な授業を休んで参加してくれなんて、一方的にであれ教授に頼まれたのを断らなかった以上、中郷に話はしたけれど、とてもじゃないが俺は、説得する気にはなれない」

と、続けた。

「…………うん」

わかる。

律は静かに頷いた。

託生と政貴は、壱伊と同じ祠堂学院の卒業生である。そして政貴は吹奏楽部の先輩でもあった。しかもただの先輩ではない。

壱伊は、政貴を心の底から尊敬してやまないのだ。

律が祠堂学園で所属していた吹奏楽部は歴史の長い文化部のひとつだったが、祠堂学院の吹奏楽部はそうではない。なんと、政貴が学院に入学してから立ち上げた新設の部なのである。百年近い伝統ある祠堂学院は（なぜか）創立時から吹奏楽部が存在しなかったのだ。野沢政貴というひとりの新入生が創部した吹奏楽部は、その後、ほんの数年で県大会を勝ち抜くレベルへと成長した。政貴が育てあげたといっても過言でなかった。

そう、同い年ながらとんでもない男なのだ、野沢政貴という友人は。壱伊だけでなく、律も政貴のことを心の底から尊敬してやまない。

教育原理を受ける講義室のある建物が視界に入ったからか、

「話は変わるけど、来年の教育実習、前期に行く？　後期にする？」

ふと託生が訊いた。

教職課程を取っている学生には、三年生になると単位取得のために、二、三週間ほどの教育実習のノルマがある。取得したい免許の種類と実習先が高校なのか中学なのかで（組み合わせによって）日数が変わる。

「前期の希望者が圧倒的に多いから、その期間は大学を休む学生に合わせて教授によっては休講にするケースが多いだろ？　どうしても講義の休講は前期に片寄るし、後期だと、教育実習で大学を休まねばならないのに普通に講義は行われているわけだから、やはり単位取得の効率を考えると、教育実習は前期かなあ」

と政貴。

「じ、実習に行く、学校、が、かぶらなければ、前期でも、希望が通る、よね？」

教育実習。──耳にしただけで、律は緊張してしまう。

桜ノ宮坂を除いても律の学年で祠堂学園から音大に進学したのは律だけである。なので教科の『音楽』に関しては、実習で、律は誰ともぶつかることはない、はずだ。律の一学年下で短期大学の音楽科に進み実習を受ける人がいなければ。もしくは、教育学部の音楽専攻の学生とか。

「受け入れ側の学校のキャパシティの問題で、教科に関係なく全体の学生受け入れ人数に制限があるから、『音楽』に限っていえば、うちの大学からだけじゃないとしても人数的には大丈夫そうな気がするんだけど、よその大学の他の教科の学生も実習に行くわけだろう、受け入れ側のキャパシティ以上に希望者が集まったなら、当然誰かしらあぶれるからきついかなあ。ただ、単位を確実に取ってゆく安全パイとして、できれば前期に教育実習は済ませておきたいんだよなあ」

政貴の分析に、

「な、なるほど……、き、教科ごと、に、だけでなく、全体の人数も、なの、か」

律は頷く。

同じ教科でぶつかるかどうかだけでなく、日本全国の来年の実習希望者の全体の数と、実習希望先の学校の受け入れ可能な人数のバランスにかかっているわけだ。

「涼代くん、学園には高校と中等部があるんだよね？　そうしたら、受け入れの枠も二倍だろ？　羨ましいなあ、涼代くんは楽勝かもしれないよ」

託生が言う。

「そ、そう、かな」

楽勝だとありがたい。

見知らぬ人々の前で授業をするとか、想像しただけで緊張で震えが来る。相手が年下の未成年だとか関係ない。それに、短期間とはいえ職員室に、果たして自分の居場所をみつけられるだろうか。という不安で落ち着かないそれらの要素も、母校であればかなり軽減される、かもしれない。

と、ふと政貴が、

「申し込んでみないと可否はわからないけれど、基本的に実習先は母校へ、だとしても、確か、学校側が了承してくれれば、母校でなくても実習に行けるんだよね」

「あ！　そうしたら、三人で同じ学校に教育実習に行ける可能性もあるってこと？」

託生の声が弾む。

「……そ、それ、いい、な」

政貴と託生の三人だと心強い。だったら実習先は母校の祠堂学園でなくてもいい。どこでもいい。

「そしたら、来年になったら駄目元で、三人とも同じ学校をリクエストしてみようか？」

政貴が悪戯っぽく笑う。

「駄目元で」

と、託生。

「……駄目元で」

と、律。

嬉しい。密かに憂鬱だった教育実習が、俄然、楽しみになってきた。

そこへ、

「涼代くーん！」

遠くから女子学生が声を掛けてきた。

律は立ち止まり、声のした方を振り返る。

「……あ、桐島さん」

ピアノ科の桐島玲奈、律のピアノ伴奏者である。用もないのに（個人的にはさほど親しくもない）伴奏者から呼び止められることは、まずない。なので、

「桐島さん、なにか涼代くんに話があるんだよね。なら俺たち先に行って、席を確保して

おくよ」

「あ、ありがとう、野沢くん」

「じゃあ後でね、涼代くん」

「う、うん、後で。葉山くん」

とはいえ教育原理の講義が始まるまでそんなに時間があるわけではないので、律は急いで桐島玲奈へと駆け寄った。

まーた、にやにやしてる。

受験生としての壱伊の緊張感のなさっぷりに、渡辺綱大はおおいに呆れる。

第一志望に合格は絶対不可能とされる大学を目指している壱伊だが、洒落や冗談でなく本気で挑もうとしてるけれども、休み時間だけでなく、気づけば授業中でさえもこっそりと小指の指環を眺めては、にやにやしているのだ。

壱伊は絶世の美少年なので、どんなににやついていようともいやらしい感じにならないのがお得だな、と思うし、そこに損得を結び付ける自分の狭量さ、もしくは世の不公平さを感じなくもないのだが、さておき、この壱伊のにやにやは他者からは〝絶世の美少年の麗しい（深遠なる！）微笑み〟と映っている場合が多い。

そこもなんだかずるい気がする。

「……不気味だから大概にしてもらいたい」

広いグラウンドを挟んだ学食で昼食を済ませて校舎へ戻る道々、ほんのり意地悪な味付けでぼそりと綱大が告げると、

「だって、ツナー」

親友のイヤミなどものともせず、デレきった笑いと共に壱伊は右手小指のやや幅広なリングを綱大の前へぐいと差し出し、「これ、律が、俺の指にはめてくれたんだぜ？　しかもちょっとはにかんで。めっちゃくちゃ可愛かったー！」

これを墓穴を掘るとまでは言わないだろうが、

「はいはい」

耳にタコの何度目かの説明を受ける。いや、惚気か。

そのエピソードは、かれこれ一ヵ月以上も前の学院の文化祭での出来事である。以降、ことあるごとに惚気られ、その後、壱伊がお揃いとしてプレゼントした手作りの指環を律の方ははめていなかったことが学園の文化祭で判明し凹んだらしいが、ペンダントトップにして毎日身につけていてくれているとわかり、即座に復活したそうだ。

学院の校則にアクセサリーに関しての規定がなにもないのをいいことに、指環をしたま

ま授業を受けている壱伊。寮でお風呂に入るときも外さないので、文字どおり肌身離さずである。

「おかげで、前々からイチがその都度訂正していたように、重度の野沢先輩ウォッチャーのイチは野沢先輩に恋をしているのではなく、単に野沢先輩が大好き！　なだけってことが、よーくわかったよ」

綱大たちが一年生のときの三年生の先輩で、寮でも部活の最中でも野沢政貴の姿を四六時中目で追いかける、あまりに熱心な壱伊の姿に、壱伊が政貴にぞっこん恋をしていると解釈するのは綱大の恋愛経験値が低いから、ではないだろう。況してや綱大の人を見る目のなさなどでも多分ない。誰がどう見ても、あれは〝ぞっこん〟に映る。

本人はきっぱり否定するが、それは自覚が足りないのでは？　近隣の女子高生たちにアイドルとして絶大な人気を誇り、死ぬほどモテているのに、つまり、もしや、壱伊は恋愛音痴なのでは？　と周囲から疑われていた。

――恋愛音痴だったら面白かったのに。

けれど、本人の自己申告どおり壱伊のそれは恋ではなかったということが、涼代律の登場で判明した。というか、ようやく綱大に壱伊の〝言い分〟が理解できた、というか、信じることができた。

「だろ？　っていうかツナ、俺、今でも野沢先輩大好きだから！　俺が先輩へ捧げているのは〝不動の愛〟だから！」

「あー……、はいはい」

不動の愛を捧げているときたか。

もう、イチめ、そういう単語や表現を無邪気に使うからこっちが混乱するんだろ？

同じ日本語なのに、壱伊の使い方は綱大とは微妙に異なる。色合いというか、重さというか。——三年目にしてさすがに慣れたけど。

裏表のないあっけらかんとした絶世の美少年。ハイブランドのモデルすらできそうな、頭身の高い、日本人離れした手足が長くてバランスの取れたプロポーション、それだけでなく、整いすぎていて怖いくらいの美形なのに、ひとたび口を開くとこれである。しかも実に表情が豊かだ。

このギャップ。も、壱伊の魅力のひとつである。

「次に律に会えるのっていつかなあ？　早く会いたいなあ……！」

本人に対してだけでなく綱大との会話でも、もうすっかり〝涼代さん〟ではなく〝律〟と呼び捨てが定着している。さすがに他の人の前ではかしこまって涼代さんと呼んでいるが、壱伊のことなのでそのうち皆の前でも普通に（うっかりなのか確信的にか）「律」と呼び捨てにしそうで、怖い。

伸び伸び伸びクンだもんなあ、イチは。

「早くって、なんだそれ。学園の文化祭で会ったばかりだろ？　俺たちを邪魔者扱いしてふたりっきりでデートしただろ？」

「えー？　ぜんぜん会ったばかりじゃないぞ、ツナ。あれからもう何日が経ってると思うんだ？」

「そんなに経ってないし、今週か来週の土日のどこかで涼代先輩、また野沢先輩と一緒に吹部の指導に来てくれるんじゃないのか？」

常識の範囲で応えたはずが、

「今週⁉」

壱伊のあまりの食いつきの良さに、

「──来週かもよ」

つい、まぜっ返したくなる。

ちょっとした嫌みでもあったのに、

「今週がいいなあ……！」

そんなことはものともせずに、まっすぐに返す壱伊に綱大は（これまたいつもの展開なのだが）降参する。

ホントに素直だよなあ、イチ。

「だったら、放課後にでも新部長に確認してみれば？」

「そうする！　ついでに今日の放課後は、図書室での勉強をやめて、また部員に交ざってトロンボーンの練習をしようっと」

音大受験の準備として。

難関工業大学受験のための勉強と、音大受験のための実技の練習（壱伊ならば楽勝と見られていても〝練習なし〟はあり得ない。練習しなければ下手になるし、なによりトロンボーンを吹いていると受験の重圧から少し解き放たれる感じがして、精神衛生上、大変よろしい）。どちらも継続が不可欠だし、どちらもかなりの時間が消費される。

「――どっちかひとつにすればいいのに」

これもまた何度目かの、親友としての綱大の提案。

工業大学を複数受験する、もしくは、音楽大学を複数受験する、ならばわかる。それが普通の選択である。工大と音大を一校ずつ受験するとか、いくら音大は楽勝だとしても、効率が悪いにも程がある。

「どっちかひとつと言われても俺には両方狙いたい理由がある！」

壱伊の力説。

そう、壱伊にはそれぞれに前向きな受験の理由がある。

理解はしているが、それだけに疑問もある。

「じゃあイチ、もし仮に両方に受かったら、どっちに進むんだ？」

尋ねると、珍しく壱伊が固まった。

「……ど、え、どっち？」

初めて訊かれた、もし両方に受かっ、た、ならばと。

「ぷぷっ。当惑するとか……！」

面白いなあ、イチ。「玉砕する前提でT工大を受けるなら、そもそも受けなくても良くないか？」

「えぇー？　でも俺、落ちたら一応、浪人覚悟だったんだけども……」

「浪人覚悟？　そうなのか？」

意外だった。「そのこと、先生にも言ってある？」

「言った。浪人するくらいなら志望校を増やせと」

「だよなあ」

それはそうだ。

「玉砕しても浪人してる間にいろいろ学ぶことはあるだろうし、か、縁があったら留学するかもしれないし？　……わかんないけど」

「留学かあ……！　さらっと言えるところがアレだよなあ」

御曹司。「所詮(しょせん)、庶民の俺には——」

「か、予備校ざんまい？」

綱大のセリフを遮っていきなり灰色な未来を付け足した壱伊に、綱大は（壱伊には申し訳ないが）ちょっとホッとした。

いや、灰色な未来に進んでもらいたいという意味ではなく。

ふわふわしているのに、たまに顔を覗かせるやけに地に足の着いた感覚に。

「浪人覚悟は正しいと思うけど、イチ、国内には他にも、T工業大ほど難関ではなくて、しかも優秀な工業大学がありますけど？　T工業大にこだわらなくても良くない？」

家業の役に立ちたいとして、その志はT工業大でないと叶えられない、ということではなかろう。

「それなんだよ！」

壱伊は、よくぞ言ってくれましたとばかりに綱大の肩をぱしんと叩くと、「なんか、暗示にかかったみたいにずっとT工大を目指そうとしてたんだけどさ、今も行きたい気持ちに変わりはないんだけども、最近さ、そこんとこを深掘りされると俺にもわけわからなくなっててさ」

こだわる理由？

シンプルに言えば、他を知らない。いくつもの工業大学の中からT工大を選んだのではなく、端からT工大の一択だった。

なにせ、ナカザト音響のいろんな部署の社員たちから、自分の卒業した大学は勉強は相当にハードでしたが、たいそうユニークで素晴らしかったですよ、と折あるごとに聞かされて、彼らとしては進学先としてどうですか？　のプレゼンやアドバイスを壱伊にしたわけではなく、学生時代の面白い昔話を、ちょくちょく工場に遊びに来る、人懐こくて愛らしい社長のご令息に楽しく話して聞かせていただけなのだが、幼い頃から聞き続けていた壱伊は次第にそれまで選択肢になかった工業大に進むのも悪くないかなと思い始め、同じ進むのならば工業大は工業大でも、そこはやはり、社員の多くが卒業している（彼らの話す昔話の主な舞台でもある）T工業大かな、と夢を馳せるようになったのだ。

綱大の言うとおり、工業の知識を家業に活かしたいだけならばどうしてもT工業大である必要はない。――多分。

気持ちに揺らぎが生まれたのは、自分でも想定外だった桜ノ宮坂音楽大学が、進学先の候補としてするりと心に入ってきたからだ。

壱伊は小学生の頃にトロンボーンで全国一位という結果を既に出していたので、達成感は持っていた。その結果に満足していたし、ずっと一位でいたかったわけでもないから、中学の吹奏楽部ではトロンボーンを続けていたけれど国内のコンクールにはもう参加しなかったし、更なるステップアップを狙って海外のコンクールに出たりもしなかった。高校からはトロンボーンをやめてもいいとさえ思っていたので、祠堂には吹奏楽部はないと学校案内で知って（正確には、部活の一覧に吹奏楽部の明記がなかった）、進学先は祠堂学院で、と親から命令されても、まったく抵抗がなかったのだ。

創部されていたとは驚きで、野沢政貴との出会いがなければ、その政貴が吹奏楽部を立ち上げていなければ、壱伊がトロンボーンを続けることはなかった。

当たり前かもしれないが、創部そのものもだが、活動を軌道に乗せるのは（とんでもなく優秀なサポーターがバックに付いていたとしても）茨の道だ。それを、にこやかにやり遂げたのが野沢政貴先輩なのである。

そんなの、憧れるに決まっている。

とはいえ高校を卒業したらさすがにもうトロンボーンは吹かなくてもいいかな、ついにトロンボーンも卒業だなと思っていたのに。

尊敬する先輩が吹奏楽部の指導者のひとりとして連れてきた涼代律との出会いが、結果として、壱伊の志望先に桜ノ宮坂音楽大学を加えた。

もうしばらく吹いていたいな、と、心が動いた。

「ま、いいか」

からりと綱大が笑う。笑ってから、ぽつりと、「……ごめん。イチが受けたい大学を受けるのがいいよな、悔いを残さないためにもさ。せっかく頑張ってるイチを混乱させるようなこと言って悪かった。ごめんな」

「ツナが謝ること、ないけどさ」

親友として心配してくれているのはわかる。「……混乱とか、してないし」

「なら良かった。それよりイチ、さすがにもういい加減、涼代先輩に連絡先を教えてもらえば？」

「――ぎくり」

壱伊が手のひらを胸に当てる。

九月下旬に行われた文化祭のステージ演奏を最後に三年生は部活動を引退したので、部長だった壱伊も副部長だった綱大も基本的に部活動に顔を出すことはない。指導に訪れてくれる日程の打ち合わせを政貴と電話で行うのは部長の役目で、それも新部長に引き継いだ。祠堂学院はケータイなどの使用は禁止されているので（そもそも電波が圏外で繋がらないが）気軽にメールで連絡を取ることも、基本的にはできない。――学院の敷地から少し離れれば電波は入るし、土日に外出したならばスマホは使いたい放題だ。それに祠堂の校内では使用禁止だが、昨年から、たとえ校内であっても所持の禁止はされていない。寮でも、寮内での使用は禁止されているが、所持の禁止はされていない。生徒のほとんどはスマホを持っているのである。

生徒が、保護者を含め学校外の者と連絡を取るには、寮の一階にいくつか設置されている有料の公衆電話を使う。生徒がかけるだけでなく、外からもかかってくる。平日の放課後から消灯時間までは持ち回りの電話当番の生徒がおり、かかってきた電話に出てくれて放送で該当者を呼び出してくれる、電話の取り次ぎシステムだ。なのだが、電話当番でなくても電話が鳴ったときにたまたま近くにいた生徒は、電話に出なくてはならない。集団生活を送る上での相互扶助の精神である。

政貴と電話で打ち合わせをするときは、公衆電話を使用する。部長が公衆電話から政貴のスマホへ電話をかける。

そんなこんなで、もちろん壱伊は政貴のスマホの電話番号は知っている。部長として、寮の公衆電話から政貴のスマホへ何度となく電話をかけているのだ。

「新部長に野沢先輩たちのスケジュールを確認しなくても、イチが直接、涼代先輩に電話して訊けばいいだろ？　今度はいつ会えますかって」

そして、壱伊の代わりに副部長としてスケジュール調整を行うことがたまにあった綱大は、政貴のスマホの電話番号だけでなく、政貴と連絡が取れなかったときの保険として、律がコンスタントに祠堂へ訪れるようになったのを機に（政貴からの勧めもあり）、律からスマホの電話番号を教えてもらっていた。――その時点で、壱伊は知るのを拒否したのだ。ズルして知りたくないと。

よって、諸々を引き継いだ現在の部長と副部長も、政貴と律、ふたりの電話番号を知っているのであった。

「そうだ。なんならイチ、俺が涼代先輩に電話をかけて訊いてあげようか？」

「——ヤメロ」

壱伊は低く抵抗する。「それは、道が、チガウ」

「道、ときたか」

おかしな義理を発動する、それも壱伊ならではだ。

晴れて付き合うことになったなら、そのときは律の電話番号を教えてもらいたい。堂々と申し込む。個人的な連絡先を教えてくださいと！

「っていうか、さすがにもう涼代先輩に連絡先を教えてもらえば？ 知りたいんだろ？」

「知りたい！ けど、——まだ、律に、付き合う、オーケーを、もらって、ないっ」

くっと堪える、飽くまで初志貫徹の壱伊。

しっかりケジメをつけようとする姿勢に、見上げた根性と思うけれども、しつこいようだが、涼代先輩のことをちゃっかり「律」と名前で呼び捨てにするだけでなく、文化祭で綱大たちを追い払って、ふたりきりでデートしたのに？

それ、もう完全に付き合ってるじゃん。

おまけに、祠堂学園まで律が徒歩で通っていたという情報をゲットした壱伊は、文化祭からの帰り道、綱大たちにはまっすぐ最寄りの駅へ向かわせて、自分は律を家へ送り届けてから駅で合流すると言い出して、綱大たちを駅で延々待たせたのだ。——律は大学に進学してからは実家を出てアパートのひとり暮らしなのだが、文化祭前日に帰省して、当日は実家から来て、実家に戻ると知ったので。

実家の場所も知っている。壱伊のことだ、もし律の家族が在宅だったならば間違いなく挨拶だけでなく、(短時間であれ)世間話に花を咲かせて親睦を深めたに違いない。

やれやれ。壱伊の〝付き合う〟の定義って、なに?

壱伊たちの関係ってさ、それ、とっくに〝付き合ってる〟って言わない?

突っ込みどころは満載だが、

「それはそれ、これはこれ、か。相変わらず義理堅いなあ、イチ」

ひっくるめて綱大は笑ってしまう。そして壱伊のそういうところが、親友として、人間として、とても好きである。

桐島玲奈に会えてちょうど良かった、とばかりに律からホッと笑みが洩れる。

ふわりと緩んだ律の表情になぜか桐島玲奈は顔を曇らせた。――が、一瞬にしてパッと晴れやかに微笑んで、

「涼代くん、講義に向かうところだったのよね？　またにするわ」

せっかく呼びかけに応じて駆け寄ってくれた律に、素っ気なく言う。

「あ、あの、だ、大丈夫」

律こそ、玲奈へ伝えたいことがあった。むしろ呼び止められたタイミングの良さに感謝していた。「桐島さんに、れ、んらく、入れる、つもりだったか、ら。ここで、会えて、よ、良かった」

ようやく！　ようやく、練習室を借りることができたのだ。

大学の練習室は一コマ一時間ごとの時間貸しで、夏休みなどの長期休暇を除き同日ひとりにつき一コマしか借りられないのに、しかも（そこそこの金額の）有料なのにもかかわらず、常に競争率が高いので、希望する日時に借りるのは実質不可能に近かった。

今月下旬の火・水曜日の午前中ならば時間が作れると以前に玲奈が言っていたので、律は練習室を管轄している学生課へ、日参どころか一日に何度も足繁（あししげ）く通い（キャンセルが出たら速攻押さえるべく）、そしてついに、お目当てのコマをゲットした。

今朝の出来事であった。

「そう？」

と軽く頷いてから、「涼代くん、次ってなんの講義？　野沢くんたちが一緒だったし、私、なにか取り損ねているのかしら？」

玲奈が訊く。

「え、あ、これから受けるのは、きょ、教育原理」

「教育原理？　そっか。涼代くん、教職を取ってるんだっけ」

教職課程を取る取らないで、必修必須の講義数は大幅に変わる。大学での忙しさも、大幅に変わる。お世辞にも潰しが効くとは言いがたい音楽大学の卒業者、専攻の楽器（声楽を含む）でソリストとして身を立てられる学生はほぼいないと断言しても、言いすぎではないだろう。なので、現実的な選択肢として、教職を取って公立の中学や高校の音楽の先生を目指す学生は多い。涼代律はそのひとりである。ソリストの夢が破れたならば実家が経営している（地元ではかなり大手の）音楽教室に就職予定の桐島玲奈は、それに該当しない学生であった。

「あ、明後日、の、水曜日に練習室を、か、借りられた、から、音合わせの――」

スケジュールをメールで送るつもりでいたと、言いかけた律のセリフを遮って、

「涼代くんて、なあんか最近、楽しそうよね」

玲奈はこれみよがしに溜め息を吐いた。

「……え？」

目の前でかなり深めの溜め息を吐かれて、律は怯む。

自分のことで、陰に隠れて溜め息を吐かれるのもけっこうコワイ話だが、目の前というのも、相当にコワイ。

相手が女子であろうとも、咄嗟に（そっと）身構えた気の弱い律へ、

「イジワルしたくなっちゃうなあ」

と、玲奈が無邪気に続けた。

「……………え？」

意地悪？

「そうだ。私、伴奏、やめさせてもらおうっと」

「…………………ええっ⁉」

ピアノを専攻している玲奈は、律と同学年、二年生の女子学生である。

一年生の夏休み明け、後期が始まる少し前くらいから現在まで、合奏などではなく主に実技試験のためにトロンボーン専攻の律のピアノ伴奏をしてくれているのだが、――助走なしでいきなりコンビ解消へ、ジャンプ⁉

律の思考がついてゆけない。

冗談のような軽い調子で言われたが、伴奏をやめる、とは、律にしてみたら（いや、律でなくとも）かなりのオオゴトなのである。

「え？　……え、な、なん、で？」

「なんで？　って、さっき言ったじゃない。イジワルしたくなったって」

玲奈はにっこりと笑い、「決めたの。だから引き留めないでね。でも心配しなくても、涼代くんならきっとすぐに新しい伴奏者がみつかるわよ」

と続けた。

──律なら？　そんなわけない！

そもそも、

「こ、こんな時期、に？　すぐ、みつかる、とは……」

ふたつの理由で、到底そうは思えない。

「大丈夫だって、涼代くんなら」

玲奈は強めに繰り返すと、「だから、私のことは潔く諦めてね」

作曲家ごとにまとめられた白い表紙の厚みのあるピアノソナタの楽譜に重ねて携えていたA４サイズのクリアファイルから、数枚の楽譜をすっすっすっと抜き出して、律へ差し出した。──つい先日、学年末の実技試験に向けて律がコピーして渡しておいた、試験曲の伴奏譜である。

あのときの玲奈は、譜面に素早く目を走らせ、

「なあんだ、心配してたけどこの伴奏譜なら大丈夫よ。オケをピアノ用へ無理矢理に編曲すると、たまにとんでもない音の配列になってて厄介だけど、これは良さそう。次の榧原教授とのレッスンまでに仕上げておくわね」

機嫌良く、ふたつ返事で引き受けてくれたのに。──つい先日の、ことである。

律が師事しているトロンボーンの榧原教授の週に一度の教授レッスンまでに。とはいえ

ぶっつけ本番で教授の前で演奏するわけにはいかないので、音合わせをするべく、玲奈の都合に合わせて、ようやく練習室を確保したのに。

「あ、あの……」

「じゃあね、涼代くん」

満面の笑みのまま、彼女はバイバイと手を振って軽やかな足取りで去って行った。

律は、――茫然。

「……な、なにが、起きた、の、だ？」

状況がまだ呑み込めない。

今度の教授のレッスンまでに、は、無理だが、どうにかして学年末の試験に間に合うよう新しい伴奏者を探さねば、ならない。

けど、探さなければ、ならない、のか？

潔く諦めてねと言われたが、言われるがまま、に？　関係修復を試みることなしに？

――わからない。

大学には、伴奏を弾ける学生はたくさんいる。桜ノ宮坂の場合、五人に二人はピアノ科の学生なのだ。けれど、伴奏を引き受けてくれるピアノ科の学生となると、俄然ハードルが上がる。

彼ら、彼女らは、誰かの伴奏を、――自分以外の誰かの〝引き立て役〟をするために、ハードな練習を日々重ねて音大に進学したのではないからだ。

それに伴奏は、伴奏譜を弾けたらそれでいい、ということではない。引き受けてくれたら誰でもいい、ということでもない。呼吸を合わせるなどの伴奏の技術、ソリストとの音楽性の相性、律がピアニストの音を気に入るかどうか、の、感覚的な部分、その他諸々(もろもろ)が影響してくる。

たまたま組んだ伴奏者だったけれど、幸いなことに桐島玲奈は、すべてに於いて及第点だったのだ。

「……ど、うし、よう……」

音楽の解釈で衝突しまくり修復不可能なほど険悪になり遂にコンビ解消、というケースは多々あれど、

『涼代くんて、なあんか最近、楽しそうよね』

それが気に入らないからコンビ解消とか、まるで聞いたことがない。

けれどレアケースなだけに、……ヤバイ感じがしていた。どんなに説得を重ねても撤回してもらえなそうな、ヤバイ感じ。

ああ、本当に、どうしよう……。

返された伴奏譜をひとまず自分のクリアファイルへ挟む。動揺していて、コツが必要なクリアポケットの中には入れられそうにないので、ページとページの間に挟んだ。

律は、人付き合いが得意な方ではない。

顔も決して広い方ではない。

ピアノ科に親しい友人がいるわけでもない。

中学と高校の吹奏楽部でトロンボーンを吹いていたが、吹奏楽部の活動には、——少なくとも律が通っていた祠堂学園の吹奏楽部では、ピアノを伴奏にソロで演奏する、という機会はなかった。

なので、大学の入学試験の実技で、生まれて初めて人前（試験官の前）でピアノ伴奏による演奏をした。

伴奏者は大学側が用意した人で、もちろんぶっつけ本番である。四年制を卒業し大学院に進んだピアノ専攻の一年生（つまり〝精鋭〟たち）が、代々、慣例として、受験生の試験曲の（ピアノを除くトロンボーンを含めたすべての楽器や声楽などの）伴奏を弾いてくれるのだそうだ。

伴奏者と組む、ということ。

吹奏楽という大きな規模の合奏しか経験のない律には馴染みのないその形に、桜ノ宮坂へ入学して半年ほどして、必要に迫られた。

そんな律に、振り返るだに、たいした苦労もせずに桐島玲奈という伴奏者ができたことは、律にとって間違いなく奇跡のような出来事だった。

棚ぼたラッキー！　などと安易に捉えたりもせず、律にしてみれば、願ったところで叶わないであろう出会いに戸惑いつつも、伴奏者桐島玲奈とのせっかくの縁を、不器用な律なりに、大事に、大事に、してきたつもりだったのだが……。

動揺で、体が小刻みに震える。

律は無意識に首元のあたりに手を当てた。服の布地を隔てていてもわかる、ちいさくて固い手応えを無意識にぎゅっと握りしめていた。

「学園ってどんな感じ？」

託生に訊かれ、

「どんな感じ？」

ざっくりとした問い掛けに、政貴は、ほんの少し頭の中を整理してから、「そうだね。平地で広くて風もそんなに強くなくて環境音が賑やか、かな」

と、説明した。

学院が、人里離れた山奥にあって、斜面に建っているから吹きっ晒しで、校内にいるときには自動車などの騒音を聞くことはまずないし、――防風林があるのに風の勢いが凄ま

じくかなりウルサイのは措いといて、広さだけはおそらく学院の方が広そうだが、トータルとして、

「学院とは正反対な感じ？」

「そう、正反対」

頷く政貴へ、

「正反対かあ」

託生が、なるほどと頷く。

早々と半数ほどが埋まっている階段式の講義室の、前すぎず後ろすぎずのまんなかあたり、四人掛けの横長の机に、律のために廊下（出入り口）に近い通路側の席をひとつ空けて座り、政貴と託生は律の到着を待ちつつ、講義を受ける準備をする。

「野沢くんは、学院にいた頃から学園へは、文化祭とかで何度か行ってるんだよね？　高校だけでなく中等部にも行ったことがあるのかい？」

「中等部に行ったことはないなあ。高校の文化祭に中等部の子がたくさん遊びに来ているのは見かけたけれどね」

「中等部って、近い？」

「近いよ。細い私道を挟んで左右に高校と中等部があるんだ。だから、高校の敷地から中等部の外観を見たことあるけれど、中に入ったことはないよ」

「そうなんだ。中等部って、外から見た感じ、どう？」

「広そう」

「なら、生徒数も多いのかな」

「じゃないかな」

「高校だと、音楽の授業は選択だけれど、中学では必修だから、もしかしたら高校よりも中等部で実習した方が、授業数をたくさんこなせるのかな？」

「ああ、確かに！」

ざっくりとしていたが、一連の託生の質問の意図は、そういうことか。「確かに、中等部の方が実習の経験値は積めそうだよね」

「だったら、学園の、高校ではなく中等部に、希望を出そうかな」

と呟いた託生の前向きな発想に、

「葉山くん、もしかして、先生になるのもまんざら悪くないなって、思い始めてる？」

卒業後に潰しが効かないのでやむを得ず教職を取る学生もいる。だが、託生からは楽しそうな雰囲気が漂っていた。

はて、以前からそうだっただろうか？

そのような印象はないので、もしかしたら、留学がきっかけで、なにかしらのスイッチが入ったのだろうか？

「うん」

託生はこくりと頷くと、「自分が人にものを教えるとか、況してや学校の先生になるとか、まったく想像できなかったけれど。——これもギイのおかげなのかな」

ふわりと笑う。

……ああ、いいな。

と、政貴は思う。

詳しいことはわからないけれど、託生の恋は、留学前も、留学後も、託生を前へ進ませている。力強い足取りで、前へ。

「……ギイ、変わってなかった？」

他人の恋路、それも、高い障壁のある。

未だに問題があるのか、もう解決したのか。

そんなこんなも含めてデリケートな話題なので、託生から話してくれるまでこちらからあれこれ訊くのは遠慮していたのだが、ここでギイの名前が出たのなら、多少の立ち入った質問も許されるような気がした。

託生の恋人、ギイこと崎義一。

ふたりの恋について説明するのは容易ではない。

政貴にわかっているのは、離れ離れになっていたふたりがようやく再び出会えたということだ。死に物狂いの努力をして、託生がギイを取り戻した、ということだ。

「うーん、どうかなあ……」

託生は視線を上へ投げ、記憶を辿るようにして、「外見はそんなに変わってなかった、と思う。あ、三年生のときにかけていた伊達メガネ、あれからしばらくはかけてたんだって。でも、途中からメガネなしに戻したんだって」

「へえ？」

メガネ姿のインテリ美男子風のギイも（実際にとんでもなくインテリなのだが）、悪くなかった。「じゃあ、会えたときはメガネなし？」

「かけてなかった。あ、元気だったって話は、前にしたよね？」

「聞いてるよ。葉山くんが帰国してすぐに、教えてくれた」

おおまかな話は聞いた、飽くまでお土産話のレベルで。

深く掘り下げて訊くのは憚られたのだ。

いくら、友人のひとりとして、また、政貴の恋を正しい方向へ導き見守ってくれた存在として、なにより、祠堂で吹奏楽部を立ち上げるときの陰の立て役者だったギイに政貴ならではの厚い恩義があったとしても、あれこれ興味本位で根掘り葉掘り託生に訊くのには抵抗があったのだ。

「どちらかというと、ぼくの方が変わったって言われたよ。逞しくなったって」

ああ、わかる。

「筋トレなんかしてないのに？」

政貴の冗談に、託生がぷぷっと噴き出す。

「そう。してないのに。——誉められて、嬉しかった」

「……うん。だよね」

わかる。

ギイは不思議だ。

ギイに誉められると、彼へ特別な好意などなくても、自分がとても価値ある存在のように感じられて、誇らしくなる。

懐かしい、この感情。

——会いたいなあ、ギイ。

「葉山くん、ギイ、日本には来ないの？」

「あんな去り方をしたから、敷居が高いって」

「……ああ。うん、ギイなら言いそう」

政貴は大きく頷く。「ギイには、日本＝祠堂学院、みたいなところあるよね」

敷居の高さを感じる原因は祠堂学院だろうが、それとは別にギイにとっては、日本＝葉山託生でもある。

高校三年の文化祭、家族に内緒でこっそり遊びに来ていた（それも、はるばるアメリカから）ギイの妹が事故（事件なのか？）に巻き込まれそうになったところを間一髪で助けた託生が、助けたタイミングで階段から落ちてケガをして、救急車、そして入院となり、まるですべての責任を丸かぶりするように自主退学となったギイ。

政貴たちからしてみると、朝にはいたギイが夕方には忽然と学校から（荷物も含め）姿を消していたというわけのわからなさで、況してや託生は入院中で、その後、勝手な憶測が山のように取り沙汰され、ギイを悪く言う生徒も少なくなく、校内の雰囲気は暗く重く澱んだようになっていたのだが、当事者のひとりであり被害者であり突然恋人やいろんなものを失った託生が誰よりも早く立ち直り、絶対にギイを取り戻すと決意するに至った。

政貴は、そのとき初めて、あのギイが〝葉山託生〟という人物を選んだ理由が、わかった気がした。

たとえ世界中のすべての人がギイを悪し様に罵ったとしても、葉山託生だけは、絶対にギイを責めない。

まるで裏切られたような別離だったのに、託生はギイを恨むどころか、どうすれば取り戻せるのか検討を始め、実現に向けて、力強く歩み出したのだ。

誰よりも早く。

「ギイが悪いわけじゃないのに、ギイだって不可抗力だったのに、その話になると海より深く落ち込むし、ものすごく気にしてる。皆に合わせる顔がないって」

「……そうなんだ」

ギイが悪いわけじゃない。

その場しのぎの方便や気休めにも聞こえそうなセリフだが、託生の口から出た言葉だから、政貴には響く。

「野沢くんにだから話せるけど、ぼくのせいでギイにはずっと無理させていたから、なのにその自覚がぼくになくて、ぜんぜんわかってなくて、だから余計にギイに無理に無理を重ねさせてしまっていて、あんな結果を招いた原因は――原因のひとつは、間違いなく、ぼくなんだ。そのことをどうしても、ギイに謝りたかった。もし、その場でギイに振られたとしても、せめてそれだけは謝りたかった」

「じゃあ、無事に謝ることもできたんだ？」

しかも振られてもいない。「満願成就だね、葉山くん」

「今でも信じられないけど、……うん。嬉しい」

「いいなあ葉山くん。もしいつか、ギイが日本に来ることになったらそのときは、俺もギイに会いたいなあ」

「だよね？」

託生の表情がぱあっと輝く。「野沢くんだってギイに会いたいよね？　皆きっとギイに会いたがってるよってぼくも言ったんだけど、二の足踏みまくってるんだよギイ。らしくないよねえ」

「ああ、らしくない」

常に堂々としていたギイ。

育ちの良さなのか、持って生まれたものなのか、黙っていても人を惹きつけるカリスマ性というか、リーダー性が、彼にはある。

後ろをついてゆきたくなる。

この人の進む道なら間違いないだろうと、確信と信頼を寄せてしまう。

「いつになるかはわからないけど、ギイが日本に来ることになったら、必ず、絶対、野沢くんに知らせるね」

託生は請け合い、「その前に、教育実習を成功させなきゃ。話は戻るけど野沢くん、学園の文化祭、今年も行った？」

生徒数の多い中高一貫の祠堂学園。好条件の学校が、こんなに身近にあったとは。

託生としては、三人での教育実習先としてぜひとも祠堂学園を狙いたい。だが、兄弟校ながら託生は祠堂学園に行ったことがなかったし、そんなに情報も持っていない。

政貴によれば、近年になり、それまで一学期に行われていた文化祭が二学期へと移り、それが九月下旬に行われる学院の文化祭の翌月で、祠堂としては〝学院〟〝学園〟の順で立て続けの開催となるそうだ。

教育実習の話題がもっと前に、たとえば政貴と律と託生の三人で（他にも同行した人はいたのだが、それは措いておいて）学院の文化祭へ遊びに行ったタイミングで、自分たちの間で交わされていたならば、託生は翌月の学園の文化祭へ、初めて訪れていたかもしれない。学校の許可を得ることなく校内に入れる貴重なタイミングを逃してしまった。実に惜しいことをした。

「いや？　今年は行かなかったよ」

高校入学時にはたいそう癖の強い存在だった葉山託生。ギイが命名した人間接触嫌悪症の重症患者で、寮生活などしていたら精神が破綻してしまうのではないかと懸念されるレベルの、たいそう危うい存在であった。「葉山くんは高校進学で、祠堂は祠堂でも学園ではなく学院を選んだのには、理由はあったの？」

学院は全寮制だが、学園ならば、全日制の通いである。人と人との物理的な距離感が、圧倒的に違う。

「うん、寮のある高校に進学したかったから」

「――寮か」

なのに、むしろ、寮が決め手になっていたのか。「高校に進学するタイミングで実家を出たかったという生徒はそれなりにいたから、俺たちの頃は入試の偏差値もそんなに高くなかったし、学費の面だけクリアになれば、学院は、進学しやすい、進学したい高校なのかもしれないね」

一般的な感想を述べてはみたが、そうか、最初から、心の芯が強かったんだな、葉山くんは。最も苦手とするところへ、自ら飛び込んできたんだね。

「あと、なんとなく、学園は、近寄りがたくて」

「……へえ？」

近寄りがたい、という言い回しが、やや独特だなと感じたが、政貴は敢えてそれには触れなかった。

「あ、もしかしてギイは学園に行ったことがあるのかな？　野沢くんと一緒に、とか？」

「ご明察。吹部を立ち上げたときにギイがものすごく力になってくれたことは、葉山くんも知ってるだろ？　まだぜんぜん部として軌道に乗ってはいなかったけれど、学園の吹部には挨拶に行くべきかなと思ったし、文化祭が良い機会だとわかっていたんだけど、いざとなるとひとりでは不安で、腰が引けてしまって。そしたらギイが、強引に付き添ってくれたんだよ。——連れて行かれたとも言う」

「それ、ギイっぽい」

「だろ？」

「……目立ってた？」

「目立ってた！」

政貴が笑う。「すれ違う人が全員ギイを振り返ってた。あんなふうに常に華やかに注目を集める人生を送っていたから、ギイはまったく動じないキャラクターになったんだなと妙に納得できたよ。ハートも強くなるよね」

「なのに、日本には敷居が高くて来られないけど」

珍しい託生の突っ込みに、笑いつつも、

「それだけ、俺たちのことを大事に思ってるってことだよね」

政貴はしみじみと続けた。

大事だからこそ、いたたまれぬ思いも強いのだろう。──気にしなくていいのに。

そんなことより会いたいのに。

葉山託生とだけでなく、俺たちとも会おうよ、ギイ。

「葉山くん、俺は裏切られたとは思ってないって、ギイに伝えて」

「うん」

「多分、皆そうだよ、裏切られたとは思ってないよ」

「……うん」

皆が皆、政貴と同じとは思えなかったが、託生は頷いて見せた。

「話を戻すと、学園の文化祭、スケジュールが合えば行きたかったんだけど今年は別件と重なってしまってね。浮かれまくる中郷を見てみたかったんだけど」

「浮かれまくる？」

意外そうに託生が繰り返す。「あの中郷くんが？」

託生の印象では、壱伊は落ち着いた雰囲気の美少年だ。

一昨年、音大受験のときに政貴へのトロンボーンの実技指導を自ら買って出た、頼もしく、機転の利く、有能な後輩。

夏休みの大学のカフェでの一件を、託生は師事している井上教授から聞いていた。

壱伊がフランス語を話せることにも驚いたが、なにより壱伊のリスペクトの強さと深さに感動した。

壱伊には政貴だけでなく他にも尊敬している人がいる。年月を越え、状況の変化を乗り越え、揺るぎなく、強く、人を尊敬できる少年なのである。

ギイと出会うまで託生には、御曹司とは甘やかされて育ってきた人種だとの思い込みがあった。生まれながらの恵まれた環境で、自由気ままにわがまま放題にと。

祠堂学院にはギイを筆頭に、かなりハイクラスの御曹司が入学していて、だが彼らと共同生活をしてみると、個人差はあれど、むしろ制約の多い幼少時代を過ごしてきた子も多いと知った。

傍若無人で不遜な御曹司もこの世にはいるのだろうが、少なくとも託生は、――よって同窓生の政貴も、幸いにして、出会ったことはない。

「そうか、学院の文化祭のときには中郷、涼代くんに良いところを見せようとやけに恰好をつけていたから、浮かれた印象はなかったな」

「そうなんだ？」

やけに恰好つけていたとは。想像するだけで、託生は微笑ましくなる。

「涼代くんと学園で文化祭デートをするんだと張り切って、何度も俺に電話してきては、どこで待ち合わせをしたらいいですか、なにを着て行ったらいいですか、って、デートを成功させようと、とにかく俺に質問しまくってたよ」

受験だけでなく、リスペクトしている演奏家に対してだけでなく、スイッチが入った壱伊は一途の権化である。

政貴は、壱伊が中学まで毎週のように違う女の子と遊園地デートをしていたというエピソードを聞いていたので、恋愛に関しては一途ではないのかなと思っていたが、違っていた。それが、涼代律の登場で判明した。

「疑っていたわけじゃないんだけれど、中郷くんって、本当に、本気で、涼代くんのことが好きなんだ？」

託生が知る中郷壱伊は、筋金入りの〝野沢政貴ウォッチャー〟であった。親友の渡辺綱大によれば、明けても暮れても飽きずに眺め、口を開けば野沢先輩の話をする、と。

てっきり壱伊は政貴に片思いしているのだと（託生だけでなく彼らを知るほぼすべての人が）思っていたし、当の政貴が「それはない」と否定しても、いやいやさすがにそれは朴念仁に過ぎるだろうと周囲はむしろ政貴のお気楽さをからかっていたが、政貴の読みは正しかった。壱伊は、政貴に、恋などしていなかったのだ。

今現在、誤解している者は壱伊の周囲にはいないだろう。

それほど、壱伊は律に〝ぞっこん〟なのだ。

「それにしても……」

政貴が講義室の壁の時計をチラリと見て、「涼代くん、遅いな。そろそろ講義が始まるのに」

時間にはきっちりしている律。待ち合わせに遅れることなど先ずないし、講義に遅れることも先ずない。

ふたりで話している間に講義室の席はかなりみっちりと埋まってきたが、律が現れる気配はなかった。

託生の脳裏に不安がよぎる。

「ねえ野沢くん、わざわざ伴奏者に呼び止められたってことは、……あれかな？」

「うわ、やめよう葉山くん、それ、縁起でもない」

「ごめん、だよね。涼代くん、曲の解釈で伴奏者とぶつかるイメージないし、違うよね」

は抜きにして。

イメージどころか、事実ぶつかったことはない。──それが〝良い〟のか〝悪い〟のか

「うん。ないよ、ない」

「……代返、どうする？」

託生がぐっと声をひそめて訊く。

「あー……、でも、代返したのに本人が遅刻で入ってきたら、まずいよな」

「そっか。まずいね」

出席カードを使用せず点呼方式を採用している教育原理の室井教授の場合、遅刻はさておき〝代返〟にはペナルティが科されるのだ。よって、代返をするならば絶対にバレないように。

「そうだ、メールは？」

託生が政貴のスマホを示す。「なにかあったとしたら、涼代くんのことだから野沢くんにメール送ってるかも」

政貴は素早くスマホをチェックし、

「いや、メールは来てない」

首を横に振る。

つまり、単なる遅刻なのか？　──それならそれで、かまわないが。

「らしくないよね」

託生がぽそりと続ける。「……電話してみる？」

そう、らしくない。これが律でなければ、政貴も託生もここまでは気にしない。

「ああ、だね」

頷いて、政貴は律のスマホへ電話をかける。

そのとき講義が始まるチャイムが鳴り始めた。

教授が講義室に入ってくるまではと決めて、政貴はスマホを耳に当て続ける。

だが、コールは鳴っているはず（サイレント設定にしていなければ）なのに、とうとう律が電話に出ることはなかった。

夜の祠堂学院学生寮。

夕食を終え消灯までの満腹でまったりとしつつも賑やかなひととき。年明けには大学入試を控えている三年生たちには、宿題以外の勉強で苦手分野を克服する気の抜けないひとときでもある。

学生寮は二人部屋が基本だが、例外として一階から四階まで各階にひとりずつ配置されている階段長（全生徒の中から投票で選ばれる、各階の取りまとめ役である）には個室が与えられ、生徒たちからは通称〝ゼロ番〟と呼ばれていた。

綱大の部屋、三階のゼロ番こと三〇〇号室で、今夜も綱大に苦手な教科を教えてもらっていた壱伊がノートへ目を落としたまま、

「なあツナ、男同士ってどうやるか知ってる？」

前後の脈絡なく訊いた。

てっきり綱大が指示した数学の問題と格闘しているのかと思いきや、

「はあ？　イチ、勉強するときは勉強に集中しろよ」

壱伊がトロンボーンを練習しているときの、あの誰も寄せ付けない凄まじい集中力と没入感。ほんの少しでいいから受験勉強でもそれを発揮してもらいたいものだ。

というか、

「男同士でどうやるって、なんの話だ？」

「セックス」

さらりと答えた壱伊に、動揺した綱大はシャープペンの芯をノートでぽきりと折ってしまった。

「ちょっ、なに、なんでそういうこと、俺に訊くわけ？　俺が、そっち方面に、詳しいとか、思われてるわけ？」

「思われてないよ。訊けそうなの、ツナだけだから訊いてみた」

「にしたって、なんで俺？　最もその手の話題から遠そうだろ？　男同士云々ではなく、色恋沙汰の部分で」

「ツナがまだ、誰とも付き合ったことないのは知ってるけどさー、頭の良いツナなら、教えてもらえるかなーって」

「頭の良い悪いとは、関係ないだろ」

「そんなこと言ったって、誰に訊いていいかわかんないし」

「だったら、経験者に訊けばいいだろ。野沢先輩とか」

つい、ぽろりと名前を出し、瞬時に綱大は後悔した。

「はあ!?」

案の定、壱伊が綱大を睨みつける。

「――ごめん」

野沢政貴を神聖化している壱伊。

高校在学時より付き合っている政貴の恋人が、自分たちより一学年上で剣道部の主将だった駒澤瑛二と知っているが、しかもふたりは一年間だけ学年違いの同室だったことがあり（綱大たちが入学する前年のことである）、恋人同士で同室だったふたりがプラトニックな関係だと思っているわけではないのだが、

「もし野沢先輩を冒瀆するヤツがいたら、タダではおかない」

と、凄む。目がマジだ。

冒瀆したつもりはなかったが、ちょっとしたからかいですら（からかったわけでもないのだが。強いて言えば、口が滑った）、壱伊には大きなダメージなのだろう。

「悪かったよ、ごめんイチ」

たとえツナでも許さないぞ。――とまでは言葉にしなかった壱伊に、親友としての一寸の温情を感じる。

そして、また少し、理解が進んだ気がした。

だから野沢先輩はイチの恋愛対象にならないのか。イチにとって野沢先輩は、永遠に尊い存在なのかもしれない。これっぽっちも汚したくないほどの。

アイドルはトイレに行かないしおならもしないしゲップもしない。そういう偶像崇拝的な存在なのかもしれない、壱伊にとっての野沢政貴先輩は。

確かに、そうなると〝恋〟ではない、かも？

「――あれ？　ってことはイチ、もしかして、学園の文化祭の帰りに涼代先輩を実家まで送ったのって、ワンチャン、送り狼狙ってたのか？」

「ちっ、違わいっ！　そ、そんなの、狙ってない！」

あからさまな慌てっぷり。

「否定するんだ？　だとしたら、さっきの質問と矛盾してないか？」

「送り狼は、狙わなかった」

壱伊がむっすりと反論する。

「あ。——そう。あの日は狙ってなかったと。はいはい」

「ネットで調べたりしたけどさ、イマイチ、上手なやり方、わかんなくて」

「上手も下手も、イチ、まだ涼代先輩と付き合えてもいないのに、もうそっちに気持ちが行っちゃってるのか？　大丈夫なのか？」

「……だって、好きだし」

「はいはい」

それは、わかってます。

「でさ、ツナ——」

言いかけた壱伊の言葉の先を、

「待て、イチ！　まさか、だから、俺で実地で試したいとか、言い出すんじゃないだろうな？　俺で練習したいとか、言い出すつもりかっ！」

「えぇー？」

不満そうな壱伊に、すわ図星かと冷や汗が流れたが、

「いくら親友のためとはいえ、そこまで付き合い良くないぞ、俺はっ」

「ツナとじゃムリ。そそられないし」

すんっと返した壱伊に、さっきの不満そうな様子は、綱大に先手必勝で拒まれたのが不服だったわけではないのだと気づく。

あれは、不満そうな「ええー？」ではなく、拒絶の「ええー？」だったのだ。

にしても、

「……そそられないとか。それはそれで、失礼だな」

そそられても困るけど、ムリだと言い切られても、なぜだかムッとしてしまう。

そのとき、外部からかかってきた電話の呼び出し放送が寮内に流れた。

壱伊はハッと顔を上げ、

「あ！　新部長の砂子が呼ばれた！」

ぱしんとシャープペンをノートへ置く。

壱伊の跡を継いだ吹奏楽部の新部長である二年生の砂子。

「待て、イチ」

綱大は素早く壱伊を止める。

が、すっくと椅子から立ち上がった壱伊は、

「来た！　電話の相手は野沢先輩に違いない！　きっと次の練習の打ち合わせだ！　今夜ついに日時を決めるんだな！　よし、行ってくる！」

「おいイチ、だとしても、野沢先輩と涼代先輩がいつ祠堂に来るのかは後で砂子に訊けばいいだろ。脱線ばかりしてないで、いい加減、勉強に集中しろよ」

「訊いたら戻る！　すぐに戻る！　五分、いや、三分で戻る！」

綱大の言葉には一切取り合わず、壱伊は鉄砲玉のように部屋から飛び出して行った。行き先はもちろん、寮の一階にある公衆電話コーナーである。

吹奏楽部新部長の砂子に先日、次に野沢先輩たちが指導に訪れるのはいつなのかと尋ねたところ、近々の予定だがまだ日にちが確定していないと教えられた。

砂子にかかってきた電話が砂子の家族からという可能性もなくはないが、外部からかかってきても、こちらからかけるとしても、どちらにしろ通話には時間制限が設けられている。最悪（？）壱伊が越権行為で砂子の電話を横取りし、政貴と日時と同伴者についての交渉を詰めるとしても、寮則として、許される時間はせいぜい数分である。すぐに戻るは方便ではなく、さすがに三分にはいささか無理があるが、五分で戻るは読みとしては順当であった。

「じゃあ、まあ、いいか」

綱大は苦笑しつつも微笑ましくなる。「イチ、ホントに大っっっ好きなんだなあ、涼代先輩のこと」

綱大の感覚では、受験を間近に控えたタイミングで恋に落ちるというのは、厄介というか、気の毒というか、……なのだが、本人は毎日楽しそうである。さきほどのように、勉強の効率は至ってよろしくないのにだ。

せめて来年、受験が終わってから、出会えば良かったのにな。

とはいえ、出会いのタイミングも、恋に落ちる、もしくは恋に気づくタイミングも、自分では選べない。人と人とは〝出会ってしまう〟ものだし、恋には〝落ちてしまう〟ものだから。

壱伊といえば、〝好き〟か〝それ以外〟の、ジャンル分けが基本である。

罵ったり蔑（さげす）むような言葉を口にしたり、誰かを積極的に嫌ったり、不機嫌に八つ当たりするようなところは一度も見たことがない。やや甘えん坊の傾向はあるが、落ち込んでも一晩寝たら復活するし、放っておいてもたいてい機嫌良く過ごしている。

未だに小学生男子のようなイタズラをちょいちょい（主に綱大へ）仕掛けてくるのが玉にキズだが、世界的オーディオ機器メーカーの御曹司というハードルの高さに反して、庶民の綱大であっても付き合いやすい友人だった。

——僭越（せんえつ）ながら、親友である。

好きなものには一直線！　のわかりやすい壱伊だが、とはいえ鉄砲玉の勢いで飛び出すとなると、明らかに律は〝特別〟なのだ。

好き、と、それ以外。

綱大が壱伊なら、もし仮に両親から工業大学へ進むように命令されても、音大に進ませてくれと懇願するだろう。それくらい壱伊のトロンボーンの才能は稀有であるし、壱伊の適性は音楽に傾いている。綱大だけでなく、誰が見てもそれは明白なのだ。

壱伊の両親は、大学を含めた高校卒業後の進路に関して壱伊の好きにして良いと言ってくれているそうなので、工業大学と音楽大学を併願してもまったく問題はないのだが、綱大としては、壱伊の決めた併願コースが、なんだかすっきりしないのだった。

もし、とんでもない奇跡が起きてT工業大学に受かってしまったら、壱伊はT工業大学に入学するのだろうか？　本人すら合格を想定していなかったところが壱伊らしいといえば壱伊らしいのだが、ナカザト音響の跡取り息子としての誇りと共に、当初の志に従って工業の道を選ぶのだろうか。

親友とはいえ他人の進路にあれこれ干渉するのはどうかと思うが、なんとなく、釈然としないのだ。

うまく言葉にはできないけれども。

だって、イチ、

「涼代先輩とのこと、どうするつもりなんだろう……」

大きなお世話かもしれないが、T工業大学での勉強は半端ではないと、卒業生であるナカザト音響の社員たちが口を揃えて言っているのだ。入学したら恋愛に現を抜かしている暇などまったくないかもしれない。

受験勉強に集中せねばならない今でさえ、ことあるごとに、律、律、と口にする壱伊。

そんな律への熱い想いを、どう押さえ込むつもりだろうか。

まあ、壱伊なりにどうにかするのかもしれないし、綱大があれこれ心配するのは、それこそ、大きいだけでなく余計なお世話なのだがしかし。

「……だって、なあ……」

綱大は、あんなふうに人を好きになったことはない。

誰かを思い、鉄砲玉のように部屋を飛び出してゆく、そんなふうな恋ができる壱伊が少しだけ羨ましかった。

とはいえ、恋を優先させて進路を選ぶというのも、――違う気がする。

なんだろう、正しい選択って、なにを基準にすればいいのだろう？

それは壱伊だけでなく、綱大の、自分の選択にも関わっていた。自分こそ、なにを基準に進路を選べばいいのだろうか。

――わからない。

と、突然、ノックもなしに室内に飛び込んできた壱伊が、

「ツナ、どうしよう！　律がピンチだ！」

真剣な表情で訴えた。

政貴は大学構内の連絡通路の二階の窓から、複数の建物と建物とを縦横に結んでいる何本もの歩道に沿って点在しているベンチのひとつに、脱力したようにぼんやりと腰掛けている律を見つけた。

「――いた！」

ようやく見つけた。

良かった、まだ構内に残っていた。

今日は律が受ける講義が午前の一講義だけなので、終わったら帰宅してしまうか、伴奏者探しに奔走しているか、が、賭けであった。

政貴は同じ時間に別の講義を受けていたので、講義が終わってから急いで構内のあちらこちらを、律を探してまわったのだ。

極度なナーバス状態に陥っているのか、律はここ数日、ずっとスマホの電源を落としていた。電話は留守電で出てくれないし、メールを送っても返信はないし、既読のチェックすら付かないのだ。

水臭いなあ、涼代くん。

と、政貴は思う。

だが律にしてみたら、政貴に相談しようという発想がそもそも浮かんだとしても、即座に否定してしまうのだろう。律は、問題を自分ひとりで抱え込む傾向がある。自分ひとりで解決しようとするのだ、誰にも迷惑をかけたくなくて。

力になりたいのに。

「協力させてよ、涼代くん」

さあ、どんなふうに、話を持ちかけようか。

連絡通路から律のいるベンチまで最短ルートで行くべく、勇んで一歩を踏み出したタイミングで、

「の－ざわっくんっ」

声をかけられ、軽やかにぽんと肩を叩かれた。

楽しげな声。楽しげな表情。いつも楽しげな作曲科の渚(なぎさ)秀美(ひでみ)教授。さばさばとした気性の、桜ノ宮坂では数少ない女性の教授である。

「ねえねえ野沢くん、時間があるなら、私とカフェでお茶しない？」

機嫌良く誘われて、

「すみません。時間がないのでお茶できません」

政貴は即答する。

「あら、講義？　次の時間、なにを受けるの？」

「あー……、講義ではないんですが」

「わかった！　また教職絡みのなにかでしょ。野沢くん、教職も取ってるんだものね。欲張りよねえ」

「お言葉を返すようですが渚教授」

欲張りというか、「俺は、むしろ教職が本命なんですけど」

無謀な夢を見るタイプではない。

政貴の専攻楽器はトロンボーンで、作曲の講義も取っているが、ソリストを目指しているのではなく、もちろん作曲家を目指しているのでもなく、将来は、できれば教育関係の仕事に就きたかった。

「いやいやいやいや」

渚教授はコロコロと笑って、「野沢くんは作曲を本命にすべきですって。何度も言ってるけど、野沢くんは作曲科に移籍すべき」

「俺も何度も言ってますが、渚教授、誘っていただけるのは嬉しいんですが……」

「ま、いいでしょ」

遮るようにあっさりと引き下がった渚教授は、「カフェには下心があって誘ったのよ。野沢くんに、ちょっと訊きたいことがあって」

「もしかして真面目な用件でしたか?」

しまった。「無礼な返事の仕方をして、すみませんでした」

「いいのいいの、当たりは柔らかいけど、イエス・ノーの意思表示が明快なのが、野沢くんの良いところなんだから」

渚教授はからりと流し、「それと、私から、提案があって」

――提案?

「移籍の話、以外にですか?」

「そうよ、直近の話」

直近ということは、急ぎの話ということか。

「でしたら、用事が終わり次第、教授室に伺います」

「それとコーヒーも飲みたかったのよ。だから、終わったらメールしてね。カフェで待ち合わせしましょう」

「わかりました」

「じゃあ、後でね」

ご機嫌な表情で渚教授が立ち去るのを見送る傍ら、政貴は素早く窓からベンチをチェックした。まだ、ぼんやりと座っている律。

ああ、良かった。

「もうしばらく、そこにいてくれよ涼代くん」

急ぎ足で外へ向かった。

何度目かの溜め息をつく。

ああ、桐島さま、桐島さま。伴奏をやめることに関してはもうなにも言いません。けれどせめて伴奏者候補を何人か推薦（紹介）してもらえませんか。情けを、せめて……！

ああ駄目だ、懇願などしたらますます惨めになってくる。

「……はぁ……」

虚しさに、またしても溜め息が零れた。

あれからまだ一週間ほどしか経っていないのに、既に律の目の前は真っ暗だった。

桐島玲奈は（わかりやすく）律からの電話をさくっと着信拒否設定にした。この通話はお繋ぎできませんとの無情なメッセージに心が折れそうになりつつも、藁にも縋る気持ちで送ったメールすら受信拒否されて挫けそうになりつつも、大学構内で彼女と顔を合わせたときには、頑張って、なにごともなかったように振る舞った。

そうなんですね。

女に二言はないのだな。

関係修復は、不可能なのだな。

噛みしめつつ、新しい伴奏者を求めてこの一週間ほどを、律なりに奮闘してみた。

ただ、自分こそ、人と話すのが、他人と接点を持つのが辛くなってしまって、やがて、スマホの電源を落とすに至った。

人が怖い。

人は、怖い。

桐島玲奈が、次の試験で、念願でもあった難曲に挑戦できることになったので（師事していた教授からようやく演奏の許可が下りたので）伴奏なんてやってる場合じゃない、難曲に全力投球！　と周囲に話しているおかげで、伴奏をやめた原因が律にある、などと悪い方向へ噂が流れていないことが唯一の救いだろうか。

桐島玲奈なりのフォローなのかもしれないし、もしそれがコンビ解消の本当の理由だとしたら、律にもそう説明してもらいたかった。すんなり飲めたかはわからない。けれど、それでも、あんなふうにコンビ解消されるよりはぜんぜん増しだった。

律を完全に切ってから、――ちゃんと切れたので、逆に、律をフォローしようとする気になれたのかもしれないが。

コンビ解消について、どちらにも非はありません、という暗に含まれたメッセージ。遺恨を残さないようにする、どちらの評判も落とさずに済む、賢いやり方でもある。

　即座にその行動（ケア）を取った桐島玲奈に、当初は律の様子に不快になりその場の思いつきで切られたのかと思っていたが、……そうではなかったのかもしれない。不可解な理由だが、あれこそ本音だったとして、律に本気で嫌がらせをするのなら、コンビ解消は涼代律が一方的に悪いと吹聴すればいいのだから。

　なぜか穏便なコースを選んだ桐島玲奈。

　それでも、律の受けているダメージは大きい。

　もともと苦手だった対人関係だが、更に苦手意識が強くなってしまった。

　伴奏者とのコンビ解消、残念だけれど仕方ないね、と、上辺だけであろうとも周囲は同情モードだが、困っているでしょう、ならば自分がやってあげましょう、などと手を挙げてくれる奇特な人は現れなかった。

　なにせ時期が悪いのだ。

　これがもし、せめて夏休み明け直後であったなら。

　もし律が、――たとえば井上教授（ソリスト）のような、ピアノ科の誰しもが、なにを差し置いてでも伴奏をしたいと望むような演奏者であったなら、話はぜんぜん違っていただろうし、時期も都合もなにもかも、関係ないだろう。

大学によって試験の制度（入試ではなく、在学生の）は、まちまちである。

ここ、桜ノ宮坂音楽大学では、学科の試験は基本的に前期末と後期末の二回で、講義によっては数ヵ月に一度とちいさく刻まれることもあるが、実技の試験は一年に一度、年度末の一度きりだった。

ただし、なにかしらのオーディション（実技による選考や選抜）はその都度（かなり頻繁に）行われているので、常に自分の力量と向き合わなければならない。

また、指導の方向付けとして一年間かけて演奏の（主に基礎の）大改造を、という思い切ったレッスンが行われる場合もあるので、学生によっては自身の最高の演奏を四年生の最後の試験（卒業試験である）へ照準を合わせているケースも（さほど多くはないが）なくはない。四年間トップを走っていたはずが最後の最後でノーマークだった誰かに大逆転されてしまう、などの、劇的な顛末を迎えるかもしれない複雑な側面も持っていた。

しかも人は化けるのだ。

数年越しの計画が成功して、ではなく、それまで至って凡庸だったのに突如として（なんらかのきっかけで）とてつもない輝きを放つようになる、というケースもある。

なかなか一筋縄ではいかない、音楽の道。

十一月を目前にした学生たちは、年が明け年度末に行われるこの一年の集大成である実技試験に備えて、だけでなく、その手前、年末に向けて徐々に慌ただしくなる。専攻分野の予定が入りがちになるのだ。かくいう律も、所属している学生オーケストラの十二月の演奏会の練習で、これから忙しくなる。

秋から冬は演奏会の多い季節、人によってはたくさんの本番をこなす時季でもある。自分のノルマをこなさねばならない時季に誰かのために新たに時間を割くゆとりなど、持てる人は少ないだろう。

せめて夏休み明け直後ならば、まだ皆、心にもスケジュールにもゆとりがあったので、もしかしたら一考してくれる人と出会えたかもしれない。

ただ、律が今、抱えている不安は、桐島玲奈がきっかけとなり、呼び起こされてしまった不安は、果たして、次の伴奏者が運良く見つかったところで自分はうまくやっていけるのだろうか、というものだった。

「……弱ったなあ」

無意識にまたしても溜め息が零れる。ふと、頰に温かい物がそっと触れて、驚いて顔を上げるとそこに政貴がいた。

両手にひとつずつ紙コップのコーヒーを持ち、そのうちのひとつを、律の頰から、律の鼻先へ。

「カフェのテイクアウトじゃなくて、そこの自販機のコーヒーだけど、良かったら」

微笑む政貴に、律はみるみる恐縮する。

政貴は躊躇いもせずベンチへ、律の隣へすっと座り、

「涼代くんに受け取り拒否されると俺が二杯飲まなくてはならないから、できれば、受け取ってもらいたいんだけどな」

明るい調子で続けると、ようやく律の手が動いた。

「あ、ありがとう」

紙コップを両手でそっと包むようにして受け取る。一瞬触れた頬だけでなく、手の内側もじんわりと温かくなった。

「涼代くん、今日は楽器、持ってきてないんだ？」

律の荷物は楽譜が入るサイズのトートバッグがひとつだけ。政貴も今日は似たようなものである。トロンボーンは自宅に置いてきたので、珍しく身軽であった。

「う、うん、練習室、取れ、なかったし」

「俺も練習室、取れなかったんだ。レッスンに行く前に、少しさらっておきたかったんだけれどね」

「え？　レッスン？」

律は政貴の周囲を眺めて、「が、楽器、は？」

「いや、トロンボーンじゃなくて、ピアノのレッスン」

「今日って、副科のレッスン、あったっけ？」

「ないよ。夕方から、ピアノを習いに行くんだ」

「夕方から？　え？　大学が終わる、時間、なのに、——そんな遅くから？」

「大学で、ではなく、大学の近くのピアノ教室で。桜ノ宮坂の卒業生でピアノの個人レッスンをしてくれる先生がいるんだ」

「え⁉　じゃ、じゃあ、野沢くん、ふ、副科のピアノの、レッスンのために、わざわざ、校外のピアノの先生に就いて、習う、の？」

律にはたいそう不思議だった。

大学のレッスンのためによそでレッスンを受けるなど本末転倒なのでは？　それも主科のトロンボーンではなく副科のピアノを？　人によってはあからさまに捨てている副科のために、わざわざ、お金をかけて？

「副科のレッスンのために、というか、副科のレッスンの他に、かな？」

「——他に？」

「俺のピアノ、入試の時点では底辺だったし、お世辞にも上達が早いとも、筋が良いとも言えないんだけれど、もう少しだけピアノの技量を磨きたいなあと思い始めてね、だとすると副科のレッスンだけでは物足りなくなって」

律はそう話す政貴を、しかも、なんだか（気のせいでなく）楽しげな政貴を、やはり不思議そうに眺めた。

副科では、声楽を含め楽器の選択の自由はあるが、必修なので、二年間は、全員がやらなければならない。

「も、もしかして、教職で、必要だから？」

高校や中学の音楽教師になるのなら、合唱の伴奏くらいは初見でさらさら弾けるくらいの実力の持ち主になりたい。――理想としては。

「それもあるし、副科はふたつまで楽器を選択できるけれど、さすがにピアノをふたつとはいかないからね。副科で学べれば出費が増えなくて助かるけども」

政貴が笑う。

副科の定番はピアノだ。――たいていのピアノ科以外の学生が選ぶ。

次が声楽。――たいていのピアノ科の学生が選ぶ。

もしくは興味はあるがやったことのない楽器、または過去に少し嗜んでいた楽器。この機会にと、個人的にはとっつきにくいバイオリンを選択する学生もいるし、だが残念ながら、副科にトロンボーンを選択する学生は（少なくとも現在の桜ノ宮坂には）ひとりもいない。実に残念である。

楽器の種類はさておき、副科がひとつでも煩わしくて一切練習をせず実質捨てている人がいる反面、枠をふたつとも使いたかったと望んでいた人がいたとは！

なんて勤勉なんだ、野沢くんは。

律が静かに感嘆していると、

「涼代くんも、副科はピアノ？」

政貴が訊いた。

「……うん。教職、取るって、決めたとき、ピアノ、大事かなって、思って。ソナチネ、の、最初の方、と、闘ってる」

ソナチネとはソナチネ形式のことで、ちいさなソナタ（形式）という意味である。律の言うソナチネとは、ソナチネ形式の楽曲がまとめられた教本のことで、有名無名に関わらず様々な楽派の作曲家たちの名作がずらりと一冊に収録されている。

曲の長さもほどほどで、全体的にそんなに難しくはないが、そんなに簡単でもない。副科なので設定されているハードルは低い。そして副科は相当に個人差が激しい。副科なのにピアノ科の学生よりもピアノが上手などという、とんでもない学生もいる。

「俺もまだソナチネなんだけど、せめてソナタくらい弾けるようになりたくてさ」

「ソ、ソナタ？　だ、誰の？」

「うーん、モーツァルトか、ベートーヴェン？」

「……そうかぁ」

律にはとうてい手が届きそうにないソナタ。それでも、比較的、弾きやすいのがモーツァルトやベートーヴェンだという知識はある。――弾けないけれども。

「まあ、飽くまで希望だけどね。――はは、野望かな？」

「ピ、アノって、なんで、いっぺんに、いくつも音を出さな、きゃ、ならないんだろ。しかも、両手で、バラバラに」

トロンボーンという単旋律楽器を奏でる身には〝和音〟が辛い。まとまっていても、分散していても、和音は辛い。ぐちゃごちゃっとしてて、譜読みの段階で苦行である。重度の乱視の持ち主である律にはいっそ天敵であろう。

「ピアノで思い出したけど――」

政貴は細心の注意を払って、さりげなく、切り出した。「涼代くん、あれから伴奏者の桐島さんと、連絡取れた？」

「……あ」

だが、律は秒で落ち込んだ。「と、取れ、てない、よ」

先週末の教授レッスンで、――一縷の望みを託していたが、レッスンが始まっても、終わるまで（宣言どおり）桐島玲奈は現れなかった。

椚原教授は露骨に渋い顔をしていたが、現れないものは仕方ない、と、ピアノ伴奏なしでレッスンを進めた。粘着系で露骨な気分屋の椚原教授にしては、――てっきりレッスンの間中、ずっと、伴奏者が現れないことをねちねちと責められ続けるんだろうなと覚悟していたのだが、切り換えてくれて助かった。

かれこれ一年ほどピアノの伴奏をしてもらっていたが、レッスンの場で合流し、レッスンが終われば解散していた。桐島玲奈とはお茶すら一緒に飲んだことはない。

「桐島さんって、どういう経緯で涼代くんの伴奏者になったんだい？」

「け、経緯？」

「俺の記憶だと確か桐島さん、押しかけ伴奏者だったよね？」

「お、押し、かけ、伴奏者？」

昨年の半ば頃、橿原教授門下の一年生たちに、ピアノの伴奏と組むよう教授から課題が与えられた。

人見知りが激しくて人付き合いも苦手なので、最も伴奏者選びに苦戦するだろうと周囲に予想されていた律が、なんと一番最初に伴奏者を得た。

本人から売り込まれた、と、当時、律が説明していた記憶が政貴にはある。右も左もわからなかった律は、地獄に仏とばかり、ありがたく桐島玲奈と組むことにしたのだ。

桐島玲奈は、善くも悪くも主張のないきっちりとしたピアノを弾く子で、ここはこう弾いてもらいたいと律が頼めば、いいわよ、こんな感じでいい？　と、ふたつ返事で器用にこなし、解釈でぶつかるようなことは一切なかった。

そう。これまでふたりに、問題らしい問題はまったくなかったのである。

時間管理もきっちりとしていた彼女は、練習室での律と合わせる練習や、教授レッスンの時間に遅れることも一度もなかった。実にきっちりとした学生だった。

「涼代くんのトロンボーンに惹かれて、伴奏者にと、売り込みしてきたの？」

「そ、そんなこと、は、ない、と、思う」

そんな印象はなかった。

むしろ桐島玲奈は、律のトロンボーンを聴いたことすらなかったのではあるまいか。

「も、もし、かしたら、伴奏の、か、課題を、桐島さんの指導教授から、だ、出されて、いた、のかもしれない」

「なるほど」

政貴は頷き、頷いたものの、「伴奏の課題が出されたからだとしても、どうして涼代くんだったんだろう」

どうして、積極的に売り込んできたのだろう。

謎は残るが、いつまでも桐島玲奈を引きずっているわけにはいかない。

「涼代くん、桐島さんのこと、うまく諦めはついたのかい？」

尋ねると、

「ま、まだ、混乱、してて」

律は、正直に答えた。「じ、自分の、どこ、なに、が、悪かったのか、な、って、つ、つい、考えちゃって、……苦しく、なって」

新しい伴奏者選びに難航しているだけでなく、どうしても自己嫌悪に苛まれてしまう。なにが駄目だったのか、指摘してくれたら直すのに。直しきれなかったとしても、直すべく努力を続けるのに。でも、もし、どうやっても直せない部分が今回のコンビ解消に繋がっていたとしたら、律にはもう、どうしようもない。

無事に新しい伴奏者がみつかったとして、同じ部分が原因でコンビ解消となったなら、律はもう、誰と組むのも怖くなる。

まだ、今回の解決の糸口すらみつけられないのに。

ひとりでいると、ただ、沈む。

落ち込んで、辛くて、悲しくなる。

「涼代くん、伴奏者探し、俺にも協力させてくれないか?」

政貴が申し出ると、

「……え?」

律は、信じられないものを見るように、ぽかんと政貴の顔をみつめた。

そのときだった。

「──りつーっ!」

遠くから、自分を呼ぶ声が聞こえた。

律はハッと聞き耳を立てる。

聞き覚えのある声。

でも、聞こえるはずのない声。

なのに、聞きたくてたまらなかった声。

「……壱伊、くん……？」

呟きと共に、ぽろりと涙が零れた。

全力疾走で瞬く間に律の前に現れた壱伊は、律の涙に思いっきり動揺した。

「わーっ律、律！　俺がいるから、泣くな、律！」

言って、その場にトロンボーンのケースを置くと、ベンチに座ったままの律を、屈んでぎゅうっと抱きしめる。

「……ああ、壱伊くんだ」

壱伊のヘアワックスの匂い、スパイシーでありながらほんのりとした甘さの大人びた匂い。――いつかしら、律が大好きになっていた匂い。

「そうだよ、俺だよ律。俺、滑り込みでオープンキャンパスに参加しにきた」

「えっ⁉」

律は驚く。「が、学校、じゅ、授業は？　受験勉強、は？」

「勉強もちゃんとする。けど、好きな子が大ピンチってときに、放っとけるわけがないだろ。助けたいに決まってるだろ」

「壱伊くん……」

「俺、律の恋人候補なんだぞ。──律、だから、律も、俺のこと、頼って？」

頼って。

──生まれて初めて、言われた言葉。

「え？　えええ？　なっ、なんでもっと泣くの？　律、俺、律が悲しむようなこと言っちゃった？　言ってたらごめんね。だから泣いちゃ駄目だって律、俺、どうしていいかわかんないから」

狼狽して、もだもだになった壱伊の背中へ、律もそっと腕を回した。手にした紙コップのコーヒーが壱伊の服にかからないよう注意して。

気を利かせて政貴は、律の手から紙コップを外してあげようかと思ったが、せっかく律が壱伊の服にかからないように心を砕いているので、それは却って無粋かなと、ふたりをしばらくそのままにしておくことにした。

手にした紙コップのコーヒーが、跳ねて中郷の服にかからないよう反射的に配慮しているのに、ベンチに置こうとは思いつかないんだな、涼代くん。きっと目の前にいる中郷で心が溢れそうなくらいいっぱいになっているんだろうな。

姿を目にしただけで相手の存在で心がいっぱいになってしまうという、喜び。政貴にも

理解できる、その喜び。――ちゃんと両思いなんだな、涼代くんと中郷。

まだ付き合ってはいないけど。

というか、これで付き合っていないとか、面白すぎるな、このふたり。

長すぎる抱擁に、通りすがりの学生たちが怪訝そうな眼差しでちらちらとこちらを窺っていることも、政貴はこの際、気づかぬ振りをした。

本日スタートした秋のオープンキャンパス、参加者は近隣が七割で地方勢が三割の高校三年生が十数名。

朝イチから行われたガイダンスが終わり、初日なので実技はなく、事務の職員に引率されて三十分ほど大学構内の各施設をひととおり案内してもらい、そこからは自由行動である。各々、学内や学生たちの雰囲気に慣れるため、興味のある講義を自由に聴講して（講義の邪魔にならないよう出入りに気をつければ、途中で抜けていくつか梯子しても）良い、となっていた。

昼食は学食で参加者全員でランチをいただく。それにて本日のメニューは一旦終了である。午後からはフリー。帰宅しても良いし、大学に残り聴講しても良いし、今日に限らず学生課に申請すれば、楽器を問わず教授レッスンの見学もできる。もちろんスケジュールさえ合えば日を跨いで、専攻している楽器の全教授のレッスンを（専攻外の教授レッスンも）見学することが可能である。

実技がないにもかかわらず、楽器を持参している壱伊に政貴は密かに感心した。

夏休みのあの日、自分の楽器を持参していなかったことを一生の不覚と悔やんでいた壱伊。同じ轍を二度と踏まないように、なのだろうか、失敗を〝糧〟として確実に次に繋げてゆく姿勢に感心していた。

いつもはふわふわしているのに、音楽のこととなるとスイッチが入って豹変する。肝要な部分をきちんと押さえ、驚くほどに真摯であった。

壱伊が高校の制服ではなく私服で参加しているのは、まあ、良しとしよう。――おそらく律を意識して制服を選ばなかったのだろうな。大学のキャンパスで、私服の律と一緒にいるときに高校の制服姿だと、いかにも自分が年下に、幼く映って、嫌なのだろう。

律といるときには一端でいたい壱伊。年下であることを気にしていないのかと思っていたが、そうでもなかったようだ。

話を戻して。

生徒によっては、既に桜ノ宮坂の教授に個人的に師事していて、入学後は門下生に、というルートを歩む前提でオープンキャンパスを受けているケースもある。

秋のオープンキャンパスに参加すること——。

きっかけこそ、榧原教授の勧誘を政貴が伝えたからではあるが、壱伊はどうするのだろうか？　果たして、榧原門下生で、いいのだろうか？

持参した紙コップのコーヒーを飲み終えたタイミングで、政貴のジャケットのポケットが小刻みに震えた。

渚教授へ送っておいた［野沢です。用事が終わりましたのでもう動けます。カフェでの待ち合わせは何時にしますか？］の打診メールに、返信が届いたのだ。

律を慰める体で（政貴からは）律の向こう側、壱伊は律にぴったりくっつくようにして座り、ぽそぽそと会話を交わしつつ、なんとなくいちゃいちゃ（？）し始めたふたりを残し、政貴は空の紙コップを手に、約束したカフェへ向かうべくその場を去ろうとベンチから立ち上がると、

「ままま待って、野沢くんっ」

律に必死に引き留められた。

政貴の腕を左手で握り、この期に及んで、

「い、壱伊くん、と、ふたりきり、だと、き、緊張する……」

と言い出す始末。

保護者がいないといちゃいちゃできないとは！　——不安性だなあ、涼代くん。

その様子に、

「野沢先輩、俺、律から今回の件についてじっくり話を聞きたいだけなんですけど、なんで律、こんなに腰が引けてるんですか？」

壱伊から投げかけられた疑問。——おやおや？

さっきまで仲睦(なかむつ)まじくいちゃいちゃ（？）していたのに、どういうことだ？　涼代くんも中郷も、それを目の前にいる本人へ、ではなく、なぜ俺に訴えるのかな？

さてはこう見えて緊張してるな、中郷壱伊。好きな子の前だと、恰好つけたり、浮かれたり、緊張したりと、忙しいね。

いきなりふたりきりはハードルが高いというのなら（なにを今更とも思うが）、

「わかった、わかった。用事があって俺はこれからカフェへ行かなくてはならないから、きみたちもついてくるといいよ」

「カフェ⁉　あの、ケーキの美味しい⁉」

途端に壱伊の目が輝く。

「カフェ……？」

律は、手にした紙コップのコーヒーへ視線を落とした。

察しの良い壱伊が、

「律、残り、俺が飲んでも良い？」

と朗らかに訊く。

ほとんど口をつけていないのだが、残り、と、表現してくれた壱伊のおかげで、律としても、せっかく差し入れてくれた政貴への顔が立つ（律が買ったにしては減りが少な過ぎたので、さては察したな）。——そういう気配りを天然でやっちゃうからなあ、中郷。
だからなのか、不思議なくらいに敵を作らない。
崎義一効果により、壱伊たちの学年だけでなくその下の学年にも、成績も家柄もかなりのクラスの御曹司が続々と入学していた。その祠堂学院に於いてでさえ、ぽんと頭ひとつ飛び抜けている壱伊。ルックスといい、出自といい、才能といい、妬(ねた)まれそうな要素が満載なのに、するすると日常を送っていた。

小学生男子のようなふざけたイタズラが好きで、誉められても貶(けな)されても無邪気に受け止めてしまうところも、功を奏しているのかもしれない。

「その前に俺からも中郷に質問がひとつ」

「はい！」

壱伊がぴしりと姿勢を正す。

「受けたい講義、ないのかい？」

「講義ですか？　午後から気になるのがひとつありますけど、午前はないです」

「見学したい教授レッスンは？」

「あー……、井上教授って、今の時期って、大学にいらっしゃるんですか?」

ほう、井上教授ときたか。

「葉山くんによれば、今月は井上教授のレッスンはないそうだよ。残念ながら」

「やっぱり、海外の演奏会で不在なんですね。……残念です」

「見学したい気持ちはわかる。俺も、バイオリンはまったくの畑違いだけれど、見学させてもらえるならば一度は見学してみたいよ」

「ですよね! 井上教授のレッスンが見学できないのであれば、今のところ、見学したい教授レッスンは思いつきません」

はきはきと答えた壱伊は、「なので俺、ランチまで午前はフリーです。あ、野沢先輩にはノルマの講義とか、ありますか?」

と、気を回す。

せっかくの気遣いなれど、ノルマの講義って、その言い方!

政貴は笑ってしまった。間違ってはいないが、ノルマと表現された途端にずっしりとした重さが。

「俺も、午前中はノ、ノ、ノルマの講義はないよ。それと、俺はカフェで人と待ち合わせてるから席は別々になるけど、問題ないよね?」

「問題ないです!」

即答して、「あのっ、この時間なら、ケーキ、全種類ありますよね？」

再び目を輝かせる。

「あるだろうけど、全種類はやめておきなさい。オープンキャンパスは五日間だろ？　今日で全種類食べてしまったら、明日からなにを楽しみにするんだい？」

「そうだ、五日あるんだった！　わかりました、四つくらいにしておきます」

素直な壱伊は、素直に妥協する。

政貴の基準ではケーキ四つはかなり多いのだが、壱伊にとっては少なめだ。

「ということで、カフェ、涼代くんも行くよね？」

政貴が誘うと律はちいさくコクリと頷いた。

――可愛い。

その様に、ずぎゅんと壱伊がやられている。

なんてわかりやすいんだ、中郷壱伊。

「――野沢くん、芸能人にも知り合いがいたの？」

真面目な表情でこっそりと、渚教授が政貴へ訊く。

「芸能人ですか？」

なんのことだろうか。

「さっき野沢くんに挨拶してから、店内を抜けてテラス席に行った、涼代くんの、連れのあの子」

秋も終わり頃に差しかかり、真夏に大活躍だった直射日光を避けるシェードは今はしまわれていて、テラス席は柔らかくて明るい暖かな日射しに包まれていた。

とはいえ、テラスよりも店内利用の客の方が多かった。特に女子学生は（秋でも日焼りを警戒して）室内を好む傾向がある。渚教授も室内派だ。

律の好みは知らないが、壱伊は開放的なテラスが好きである。――込み入った話をするならば、店内よりも声が霧散しやすい外の方が都合が良さそうだ。周囲を気にせず、話せるだろう。

他人の会話にわざわざ聞き耳を立てる物好きは、少ないだろうが、いなくはない。特に壱伊は人目を惹く。店内から、ちらりちらりとテラス席の壱伊を窺う視線の多さが証拠である。渚教授をして『芸能人』と言わしめるのだから。

ああでも、壱伊は過去に自社パンフレットのモデルをしていたのだから、芸能人ではないけれど似たようなものかもしれないな。

「あんなにキラキラした男子、とても一般人とは思えないわ」

「キラキラ……？」

見慣れている政貴からすればキラキラに関してはよくわからないのだが、――とんでもなくキラキラした同級生と高校時代を過ごしたせいですっかり目が肥えてしまっているのかもしれないが、「中郷は高校の後輩です。芸能人ではないですし、学校を休んで、秋のオープンキャンパスに参加してるんです」

「まあ、桜ノ宮坂の進学予定者なのね」

「あー……、今のところは二分の一の確率で、ですが」

「受かるか受からないかって話ね」

二分の一とはそういう意味ではなかったが、敢えて政貴は否定しなかった。

「うちでは秋のオープンキャンパスの参加者は厚遇されるわよー。どうしようもなく下手くそでない限り、大丈夫なんじゃない？」

まさに噂どおりではあるが、

「そんなにゲタを履かせてくれるんですか？」

どうしようもなく下手でなければ受かるとか、さすがにゲタを履かせすぎでは？

「単願なら、まず落とさないんじゃないの？　大学の経営方針的には」

「……経営方針」

合点しつつも、生々しい単語に政貴は、やや、引く。

「演奏の腕前はさておき、あのルックス！　入学したらさぞや女子学生がざわつくでしょうねえ。想像しただけで面白いんだけど」

「──先生」

「ふふ、失礼」

人生のそこかしこあらゆる場面で面白いものを発見するのが趣味という渚教授。彼女の作曲法の講義で、指されたときの発言にしても課題の提出にしても、ネガティブな評価を受けることはまずない。受講する学生たちの出来不出来によらず。

渚教授の指導は、たとえば譜面であったなら、この部分が面白いからもっと強調してね、工夫するならこっちの方向、余力があるならバリエーションを展開してね、なんなら楽器の数も増やしてね、の、コースである。

数ある講義のひとつとして作曲法を学んでいるだけの政貴たちへは、指導が柔らかいのかもしれないと当初思っていたのだが、ケタ違いに専門性を要求される作曲科の渚ゼミの学生たちも、いつも楽しげにしているので、渚教授にとって作曲は、とことん〝楽しい〟を貫くものなのかもしれなかった。

「で、キラキラくんは、楽器はなにを専攻してるの？」

「トロンボーンです」

「なら、もしかして、あの楽器ケースは涼代くんのトロンボーンではなくて、本人のもののなの？　オープンキャンパス参加の生徒さんたちは、初日はガイダンスだけで、楽器の持参は必要ないはずだから、てっきり」

「涼代くんのトロンボーンだとしても、それを中郷に持たせるというのは……」

「そうね、それはそうなんだけど、なんとなく、そう感じてしまったのよ。涼代くんの荷物を持って、エスコートしてる風に見えたのよ」

鋭い！

「……気のせいです」

「あ、もしかして」

渚教授はまたしても勘の良さを発揮して、「野沢くんが私に提出した、編曲の課題でトロンボーンのソロを演奏していたのが――？」

「はい、そうです。あの演奏をしていたのが、中郷です」

「はっはーん。ということは彼が、今年度受験予定者最大の注目株の中郷壱伊くんね」

渚教授の口からするりとフルネームが飛び出した。

「――やはり、ご存じでしたか」

政貴は声を低くして、「うちの大学に於いて、中郷の扱いがどうなっているのか、渚教授はご存じですか？」

「橿原くんのパワーゲームの話？」

　これまたするりと本題に。

「……まあ、はい、そうです」

「利用する気は満々っぽいけれど、どうかしらねえ？　なぜかバイオリンの井上教授が、中郷くんを気に掛けているらしいから」

「え⁉　そうなんですか⁉」

　驚きのあまりつい声を荒らげてしまった政貴は、急いでトーンダウンさせる。

「井上教授が推しているアデル・ガイエの一件があるから、かも？」

「——ああ。だとしたら、中郷は喜びますけど」

　桜ノ宮坂の教授陣は（若くとも）三十代オーバーである。私立大学で、しかも芸術を扱う音楽大学ということもあり、定年退職の年齢制限はあってないようなものだ。異例中の異例が、天才バイオリニストであり、政貴たちと同い年ながら桜ノ宮坂で教授をしている井上教授こと井上佐智（さち）。

　その井上教授に気に掛けてもらっているとしたならば、壱伊が憧れ崇拝している元プロのトロンボーン奏者アデル・ガイエが絡んでいるとしたならば、壱伊には、たまらなく嬉しいことに違いない。

「井上教授は海外の演奏会で今月はしばらく不在にしてらっしゃるけれど、アデル・ガイエ獲得に共に動いている京古野（みやこの）教授の、教授も今は海外なのだけれど、そのスタッフが、井上教授の意向を受けているらしいわよ」

京古野教授のマネージメントスタッフのひとりで、主に大学に常駐している榊篤嗣。マネージャー歴は短いながらも、なかなかの辣腕の持ち主である。「——キラキラくん、既に大モテね。しかも、大人の男たちにも」

笑う渚教授へ、

「冗談はともかくとして、アデル・ガイエは桜ノ宮坂で教えることになったんですか？」

政貴は真剣に訊く。

そこが肝である。

アデル・ガイエの有りや無しやは壱伊の気持ちに大きく影響を与えるだろう。——アデル・ガイエが桜ノ宮坂の教授として来日したなら、ぶっちゃけ、壱伊が大学に入学せずとも個人的に師事することは可能なのだが、それはそれとして。

「それはまだわからないけれど、全面的にお誘いを断られていた以前よりも、感触は悪くないという話よ？」

「……良かった。引き受けてもらえる可能性が出てきた、ということですね」

もし実現したならば、伝説のトロンボーン奏者に、政貴だとて教えを乞いたい。

「どのみち、橿原くんが扱うには中郷くんは大物すぎるのよ」

渚教授がさらっと続けた。

「……大物」

「かれこれ八年前の実績で、その後はコンクールなどには一切出場せず、新たな実績を重ねていないとはいえ、年齢制限の上限が三十歳という基本大人が参加する全国規模のコンクールで、並み居るライバルの年長者たちをものともせず、小学生の身で日本一になったのよ？　しかも初出場で」

「……そうですね」

改めて明言されると、中郷壱伊のとんでもなさが実感される。

「中郷くんをどうにか自分の門下生に引き入れたいのよね、橿原くん。権力に取り憑かれた男って、厄介よねえ」

さばさばした渚教授のセリフなのでそれほどきな臭く聞こえないが、——厄介。同僚からもそう表現されてしまうとは。

「ところで渚教授、俺への用件とは？」

「もちろん橿原くん絡みよ、こちらも」

——もちろん？

「そうなんですか？」

「私の目的は橿原くんから野沢くんを奪取することだから。常に橿原くんは私の敵なの」

敵？

「……そうなんですか？」

慎重に繰り返した政貴へ、

「というのは冗談だけれど、涼代くんの伴奏者の件なの。タイムリーなことに当事者がそこに。話が早いわ」

「はい？」

律の伴奏者の件？

「うちのゼミの学生が、穏やかでない噂話を仕入れてきてね」

「……噂話、ですか？」

みるみるうちに政貴の表情が冷静になる。

「そういうの、野沢くんは好きではなさそうよね」

鋭く言い当てた渚教授は、にこやかな表情のままだ。

確かに政貴は、根拠があってもなかったとしても噂話は好きではない。政貴には、とある事件がきっかけで無責任に繰り広げられた噂話に苦しめられた過去がある。無遠慮に注がれる好奇の視線を撥ねつけるのに、つきまとう噂を払拭するのに、過ぎる時間をじっと耐え続けるだけの精神力の強さがどれほど必要だったことか。

以降、巻き込まれるのも勘弁だが、巻き込むのも勘弁だった。

被害者になるのは嫌だし、加害者になるのは、もっと嫌だ。

あのとき、ひたすら力になってくれたのが友人のギイで、静かに支え続けてくれたのが今は恋人となったひとつ年下の駒澤だった。

まるで政貴の辛さを一身に引き受けるかのように、政貴以上に辛さを嚙みしめ密かに苦しんでいた駒澤に、寮の学年違いの同室者でもあった心優しい駒澤の、その姿を日々目にしているうちに政貴は、一日でも早く自分が克服することで、自分も、駒澤も、救われると直感した。だからこそ、踏ん張り続けることができたのかもしれない。

その経験から得たものが、なにもなかったとは言わない。

言わないけれど、噂は人を傷つけるのだ。

扱いの、とても難しいものなのだ。

「ならば噂話は一旦横へ置いて、事実からね」

「——はい」

「櫃原くん、縁談が持ち上がっているのよ。しかも相手は事務方のボス、事務局長のお嬢さん。逆玉の輿ね」

逆玉の輿の縁談？

そうか、それで中郷を利用して手柄（？）を立てることに、櫃原教授はあんなに強く執着していたのか。少しでも自分の価値を上げようとして。

「縁談ですか。それは、おめでたい、こと、ですね……？」

うっかり疑問形になる。

渚教授は気づかぬ振りで、

「一応そうね、おめでたいんじゃない？」

軽く頷き、「で、縁談に万全を期すために、さくっと身辺整理をしたらしいのよ」

話を先に進めた。

「らしい……。ここからは噂話の領域ですか？」

「そう、噂話。ごめんね野沢くん、少しだけ付き合って？」

「……わかりました」

「身辺整理されたうちのひとりが、ピアノ科の学生、らしいの」

「ピアノ科の……？　涼代くんの伴奏者？」

「だ、そうよ」

「それ、渚ゼミの、誰からの噂話なんですか？」

「口外禁止よ」

「もちろんです」

「桐島さんの高校からの元カレくん」

「――高校からの元彼？」

「高校時代に一緒にレッスンや受験勉強を頑張ってきて、めでたく揃って第一志望の桜ノ宮坂に合格して、入学して数ヵ月後に彼女を榁原くんに寝取られたの。教授と学生がデキてるなんてバレたら絶対にまずいでしょ？　だから誰にも知られないようにこっそり付き合っていたそうよ」

「あー……、それで桐島さんは、涼代くんの押しかけ伴奏者に……？」

律の教授レッスンを利用して間接的にデートしていたのだ。納得した。なるほど、そういうカラクリだったのか。

関係を隠し、ふたりして律を利用するなんて、いやらしいな、それは。

破局したから律の伴奏者をやめたのか。伴奏者になるときも、やめるときも強引だったのは、それでか。

その後の律に不利に働かないよう、ピアノ科の学生として至極もっともな理由をやめた原因だと周囲に話しているのは、もしかしたら、都合良く律を利用したことへの、桐島玲奈の、せめてもの罪滅ぼしなのか？

「……つまり、榁原教授がこっそり付き合っていたのは、ひとりだけじゃなかったってことなんですね？」

「そう。急いで身辺整理をしたものだから、それも同時にバレたそうよ。しかも、こっそり付き合っていた全員に」

「……最悪ですね」

「そのうち彼女たち〝被害者友の会〟とか作るんじゃない？」

「……笑えません」

「まあでも、橿原くんの人選は見事なのよ。ああいうのも女を見る目があるうちに入るのかしらね。ひどい振られ方をしているのにみんな口が堅くて、醜聞が、外へまったく洩れていないのよ」

「そこで、被害者として事情を知っていた元彼が、見るに見かねて渚教授へ自主的に相談を持ちかけたってことですか？」

「そういうこと。──あの子、お人好しなのよねえ」

「もしくは、自分を振った元カノのことを未だに好きなんですね」

「かもね」

渚教授はからりと笑うと、「どうして、あんなに面白くて良い子を振って、どう転んでも自分のことしか考えていないような身勝手男に乗り換えたのかしらねえ、彼女」

「……わかりません」

わかりたいとも思わない。

そもそも、彼女たちは口は堅いのかもしれないが、恋人だと信じていた相手に弄ばれていた事実を他人に知られたくない、だけかもしれない。

最低だ。

プライドが、許さないのかもしれない。

ソリストを目指す女性たちの気が強くないわけがない。

みっともない醜聞を、わざわざ自分から周囲にバラしたりはしないだろう。自分の価値を下げることになるではないか。

「さっきおっしゃってた、俺に訊きたいこと、というのは、涼代くんの伴奏者について探りを入れたかった、ということですか」

「そう、正解」

「渚教授が涼代くん本人に探りを入れないのは、涼代くんはなにも知らないだろうと読んでいるということですか？」

「でなきゃ、あんなに落ち込まないでしょ？」

「――あんなに？」

「ついさっきまで、ベンチで、絶望したように空を見上げていたじゃない」

「あー……」

渚教授も見ていたのか！　連絡通路から、律を。

いつの間にチェックしていたのだ？　政貴はそれにはまったく気づかなかった。

なんて目敏(めざと)いのだ、渚教授は。――本当に、侮れない。

「テラスにいる涼代くんは、さっきまでの涼代くんとはまるで別人のようね。中郷くんは野沢くんの高校の、吹部の後輩なんでしょ？　でも涼代くんって、確か野沢くんと高校は違うわよね？」

「はい。系列校ですが、違う高校です。中郷は涼代くんの直接の後輩ではないです」

「なのにあんなに仲良しなんだ？」

渚教授がふふふと笑う。「涼代くん、笑顔まで見せてるじゃない」

「まさに今、伴奏者との経緯を中郷に話しながら、気持ちが軽くなっている最中なんですよ、涼代くん」

「中郷くんがこの件で頼りになるというか、解決の糸口になるとは私にはとても思えないのだけれど、中郷くんに話を聞いてもらうだけで、涼代くんとしては気持ちが軽くなるのかしら？」

「中郷、聞き上手なので」

「へえ？　——あら、聞き上手は野沢くんでしょ？」

「いえいえ」

政貴はにこやかに否定して、「もうひとつの、渚教授からの提案というのは？」

「悪趣味な提案に聞こえてしまうかもしれないけれど、決してそうではなくて、実はね、元カレくんが、あ、名前は別所亮太くんというのだけれど、涼代くんの伴奏者に立候補したいそうなのよ」

「ふざけてますか？」

政貴の速攻の突っ込みに、

「ふざけてないわよ？」

渚教授も速攻で返す。「私としては、悪くない話かなと判断しているの。それで、私から、ではなく、野沢くんから、涼代くんへ別所くんを紹介してもらえないかな？　と」

別所亮太。

名前は知っている。

政貴は渚ゼミ全員の学生を知っているわけではないが、別所は作曲法の講義に（政貴が受けているのは初心者向けの講義なので作曲科の学生が聴講することはまずない）たまにふらりと現れるので、——作曲科の学生は、政貴やその他の学生たちがペンでノートを取りながら受講しているのに対し、タブレットを机にぽんと置き、作曲専用のいくつかのアプリを駆使しながら受講しているので一発でわかる——顔も知っていた。だが、話したことはない。

「ろくに知りもしない人を、俺が、涼代くんへ、紹介するんですか？」

「そんな無責任なことはしたくないでしょうから、まずは、野沢くんが別所くんに会ってみて？」

「意地が悪いどころか、そいつ、元カノのリベンジに涼代くんを利用しようという腹積もりじゃないんですか？　悪巧みに加担してるんじゃないんですか、渚教授？」

らしくない政貴の「そいつ」呼ばわりに本気の憤りを察して、

「か、どうかは、別所くんの腹積もりまではさすがに知らないけれども、私はもちろん、リベンジに加担なんてしてないわよ？」

渚教授は敢えてさばさばと答えた。「しかもね野沢くん、別所くん、桐島さんより断然ピアノは上手よ」

「──はい？」

出た。

他楽器専攻なのにピアノ科の並の学生よりピアノがうまい一部の人々。指揮科にもいそうだし、作曲科にも、いたのか。

「ただし、ちょっとだけ、個性というか〝癖〟が強いのが、どう転ぶか、わからないんだけれど」

「つまり、曲の解釈で主張が強め、ということですね？」

ソリストと意見がぶつかりがちな伴奏者ということだ。──律がまだ一度も経験したことのない障害（ハードル）である。

「まあ、でも、作曲科の学生は、学年末に実技の試験が控えているわけでなし、本科の練習をしなくてはならないので伴奏の練習は後回しです、とかも言い出さないわよ」

矢継ぎ早に的確にツボを押さえにくる渚教授。

「……むむむ」

なんという好条件。

それも、今の律には願ってもない〝好物件〟だ。

律にとって（おそらく）最も気心の知れた友人であるはずの政貴にすら、事情は話してくれたものの、協力は求めなかった律。人に頼るのが苦手なのだろうなと前から感じていたのだが、あれほど困窮していたのに律は、政貴の前で弱音ひとつ吐かなかった。

だが、強いから、ではないのだろう。

さきほどようやく伴奏者探しの協力を切り出すことができて（律にも、申し出を受け入れてくれたであろう感触があった）律の力になるべく、政貴はこれから動くつもりでいたのだが。

渚教授からの提案。

これは、渡りに船、なのか……？

「真面目な情報も付け足しておくと、別所くん、涼代くんのトロンボーンを何度か聴いたことがあるんですって。公開試験のときとか、演奏会に、わざわざ出向いて」

「わざわざ？　え、元カノが伴奏を担当していたからですか？」

「そうよ。でね、彼女の伴奏にずっと不満たらたらだったそうなのよ。あんな四角四面で窮屈そうな伴奏では、涼代くんのトロンボーンの良さが生かされないと」

「…………はい？」

政貴は目が点になる。

律のトロンボーンの良さが生かされない？

飛び抜けてうまいかどうかは別にして、誰にでも必ず〝持ち味〟としての〝強み〟がある。律のトロンボーンの良さ、とは、そこを指しているのだろうか？

にしても。

なんだ、この展開――？

「の、野沢くん、の、待ち合わせの相手、って、渚教授、だった、んだ」

律が言う。

陽光に照らされているテラス席からだと、明かりが点いていても屋内のカフェはかなりの暗さである。

壱伊は驚き、

「――教授？」

よって顔がはっきりくっきり見えるわけではないのだが、それにしても、「あの人、学生じゃなくて教授だったんですか？　やけに若くないですか？」

女子学生に交ざるとさすがに年上感は否めないが、年齢不詳の渚教授。

「さ、作曲科、の、渚教授、だよ」

「作曲科？　プロの作曲家を育てる学科ですよね。それとは別に、作曲専攻の学生でなくても作曲法を受講すれば作曲の基本を教えてくれるんですよね。とするとあの人が、野沢先輩が編曲して俺たちが演奏したあの曲の、指導教授ってことですか。——へぇえ」

机上の空論のように、譜面に書けても演奏は不可能という曲は作れる。五線譜をデタラメに埋めても曲らしい体裁にはなる。誰にも演奏できない高難度の曲は存外簡単に作れるけれども（なにせ、人間の声帯や楽器の特性をろくに把握していない初心者は、むしろ無茶な曲を量産しがちだ）それにはなんの意味もない。演奏されてこその曲だ。

壱伊の腕を見込んだ政貴は、律にも、編曲した政貴にも吹きこなせない高難度でありながら決して演奏は不可能ではないぎりぎりのラインを攻めたソロを、熟慮に熟慮を重ねて書き、壱伊はそれを吹きこなすだけでなく、たまらなく魅力的に演奏した。

素晴らしかった。

律は、感動しまくりだった。

学院の文化祭でのステージ演奏を、今、思い出しても鳥肌が立つ。

そこへケーキが四つ運ばれてきた。ひとつの皿にひとつずつかと思いきや、壱伊による夏の大量オーダーを覚えていたカフェのスタッフが、一枚の大きめの皿に四つのケーキを美しく盛り付けてくれていた。さすがに、ケーキ四つだけで良いですか？　とまでは訊かれなかったが、たった一度の来店ですっかり覚えられていた。

今回もケーキ全種類を制覇する意気込みの壱伊だが、政貴からのアドバイスを受け本日は、メニューに載っている上から四つ目までをオーダーした。明日は五つ目以降を四つオーダーする。日参すれば五日間のオープンキャンパスの最終日までに楽勝で全種類制覇できるし、気に入ったケーキはリピートする。

律の前には（ポットでサービスされるタイプの）温かい紅茶のみ。――さっきベンチで律のコーヒーを飲ませてもらったお返しに、俺に奢らせてくださいと、壱伊は律に圧をかけた。遠慮しがちな律にはそうでもしないと紅茶の一杯すら奢らせてもらえない。なんならケーキも奢りたかった。さすがにケーキまではと律が固辞しなければ。

祠堂学園の文化祭デート以来なのだ。

あれから電話で話してすらいないので、壱伊としては、少しでもたくさん律の声が聞きたかったし、律を見ていたかった。

大ピンチに見舞われたのに、律が自分に相談を、――自分を頼ってくれなかったことは本音を言えば寂しいけれど、壱伊と会った途端にまるで緊張の糸が切れたように涙した律に、今、壱伊の目の前でほんわり笑顔でいてくれる律に、多くを望むのは贅沢なのかな、とも思った。

だって、自分たちはまだ、付き合っていないのだ。

律の真似をして壱伊も紅茶を頼んでいた。砂糖もミルクもレモンも入れないストレートの紅茶を飲みつつ、絶品のケーキをぱくぱくいただく。

と、律の視線が、ちらり、ちらりと、デザートフォークを持つ壱伊の右手の小指の指環へ振られる。——メガネのフレームに隠れるようにして。

もうそれだけで、壱伊はむくむくと嬉しくなってくる。

壱伊の指環を意識してくれている律。——今日も、律の指環はペンダントトップにして胸に下げてくれているのかな。

大学受験が終わったら、律に、告白の返事をもらう。

もし付き合わないと結論を出されたら、……壱伊こそ、泣くかもしれない。

高校を卒業したら、学院へ指導に来てくれる律に会えなくなる。振られたとしても、同じ大学ならば偶然構内で会えるかもしれないが、壱伊がT工業大に進んだならば、もしくは、浪人になったならば、偶然に会うことすら望めない。

だからといって、律に会いたいからという理由を優先させて桜ノ宮坂へ入学するのも、筋が違う気がした。

「……壱伊くん、ケーキ美味しい？」

律が訊く。

「美味しいよ！　律も食べてみて」

壱伊はケーキを一口サイズにしてフォークへきれいに載せると、律の口元へ運ぶ。

一瞬、躊躇したものの、律の反応を待つわくわくとした壱伊の様子に、律は素直に一口もらうことにした。

「……美味しい」

大学のカフェのケーキの美味しさはつとに有名だが、律の経済状態は、気軽にケーキを食べられるようなレベルではない。苦学生でこそないが、ごくたまに贅沢が許される程度である。

「こっちのも食べてみる？」

壱伊が嬉しそうに提案する。

「……うん」

美味しいのは、ここに壱伊がいるからだろうか。

今朝まで、なにを食べても味がしなかった。食べた心地がしなかった。ずっと緊張していて、どうしていいか、わからなくて。

常に胃がきゅうっとしていて、小学校でいつまでも律だけが給食を食べ終われずに班の皆を待たせ続けたあのときの緊張感と、よく似ていた。どんなに頑張っても遅々として食べ進められない自分にかけられていた無言のプレッシャー。

いっそ、消えてなくなりたいとさえ、思った。

「律、どう？　さっきのはカスタードクリームをベースにしててコクのある美味しさだったけど、こっちのはほどよく酸味を効かせたクリームチーズがベースで、さっぱりとした美味しさだよね」

「うん。……こっちも美味しい」

どちらも美味しい。

ケーキって、こんなに美味しいものだったんだ……。

「ならこれも」

壱伊が別のケーキを一口サイズにしてフォークに載せる。

あれはどんな味なんだろう？

期待にふっと笑みが浮かんで、——我ながら驚く。

文化祭でもそうだった。壱伊がいるだけで気持ちがふわふわとして、楽しくなる。

好きな人とこんなふうに、触れそうなほど近くで一緒に過ごす、しあわせ。律にとって生まれて初めての体験だった。

そして律はハッとした。

『涼代くんて、なあんか最近、楽しそうよね。イジワルしたくなっちゃうなあ。――そうだ。私、伴奏、やめさせてもらおうっと』

有言実行で本当に律の伴奏をやめてしまった桐島玲奈。

律の胸の内にある壱伊の存在が、引き寄せたのだろうか。律が壱伊に恋をしてしまったせいで、こんなことになったのだろうか。もし自分が不幸だったら、桐島玲奈は律の伴奏者をやめなかったのだろうか……。

「律」

くっきりと名前を呼ばれ、壱伊がテーブルの下で律の手をぎゅっと握った。

「――ひゃっ」

いきなりのことに驚いて咄嗟に手を抜こうとして、逆に、強く握られる。

出席率がダントツに高い、平日の午前、二限目の講義が行われている時間帯。カフェに客はそんなにはいない。外のテラス席となれば、利用しているのは律と壱伊のふたりきりだ。それでも律は人目を気にした。

一方、壱伊はまったく人目を気にしない。

律の手を握りしめたまま、まっすぐに律をみつめて、

「律、今、おかしなこと、考えただろ」

壱伊が訊く。

「……え？」

おかしなこと？

「律、今、うちの音楽室でバランスを崩してどこかにつかまろうとして、無意識にティンパニに手を伸ばしたものの、自分の体重がかかって楽器が壊れたりしたらまずいと咄嗟にティンパニを避けて、床に転んで突き指をした、あのときみたいな顔をした。――自分さえ我慢すれば、自分は被害を被ってもいいって、そう、思った？」

鋭い壱伊の指摘に、律が固まる。

身を挺（てい）して壱伊のトロンボーンを守ってくれた律。

誰かを責める前に、律は自分を犠牲にする。

そんな律が大好きだけど、そんな律だから――、

「俺は、律の力になりたくて、桜ノ宮坂に来たんだよ？」

壱伊は告げた。真剣な眼差しで。「自分のこと、粗末にするなよ律。ひとりで抱え込まないでよ律。俺を頼って、って、さっきお願いしたばかりだろ？」

頼りたい。

けれど、頼り方がよくわからない。

でも、頼ってみたかった。

「ど、どうすれば、いいの、かな……」

律にとって壱伊は、窮地に陥り身動きが取れずにいる自分の前へ颯爽と現れた、童話に出てくる、白馬に乗った王子様だ。

壱伊が手を引いてくれるなら、その手にちゃんとつかまって、引かれるがままに進んでみたい。――解決を目指して。

「律、試験曲の伴奏譜、今、持ってる？」

「えと……、持って、る」

万が一、伴奏者がみつかったときにすぐに渡せるようにと、持ち歩いていた。いや、桐島玲奈の気が変わって、やっぱり伴奏を続けるわと引き受けてくれたなら、すぐに渡せるように。――我ながら未練がましくも。

「見せてもらっていい？」

「……うん」

トートバッグのファイルから譜面を抜き出して、律は壱伊へ渡す。

数枚の楽譜の最初から最後まで、ぱぱぱっと目を通した壱伊は、

「これなら、俺、弾けるよ」

と、言った。

「……弾ける？」

吹ける、ではなく、弾ける？

「うん、弾ける。俺がやるよ、律の伴奏」

「……え……？」

壱伊くん、今、なんて？

「俺が律の伴奏者になる」

「えええ⁉」

や、だが、でも、「い、壱伊くん、ピ、ピアノ、も、弾ける、の？」

「弾けるよ。ちいさい頃から、ピアノだけじゃなくて、聴音や楽典とかのソルフェージュも一通りレッスン受けてるし」

——えええええ⁉

「な、なん、で？」

「なんでって、普通そうでしょ？」

「や、わ、わから、ない、けど」

普通ってなに？

「桜ノ宮坂の実技の試験って、確かピアノ伴奏者に制限はないんだよね。いつだったか、葉山先輩がそんな話をしてたから。乙骨（おっこつ）つんの従兄弟（いとこ）が桜ノ宮坂のフルート科にいて、実技の試験の伴奏者が京古野教授だとかって」

「おっこっつん……？」

「乙骨寄彦（おっこつよりひこ）。名字が乙骨だから、乙骨っつん」

「……乙骨？　……フルートの？　……あ」

フルートを専攻している乙骨雅彦（まさひこ）。

学内ではたいそう有名なので、律も名前だけは知っていた。

留年に留年を重ね、かれこれ何年在籍しているのか。留年というと聞こえは悪いが、単位の取得数が足りないだけで、成績が悪いわけではなかった。むしろわざと進級や卒業に満たないよう単位を取らずにいるのではないかとさえ疑われていた。実技に関しては他の追随を許さない。彼はとてつもないフルートを吹くのだ。ただ、よほど条件が揃わないと人前で演奏をしてくれないらしい。そして滅多に大学へも現れない、らしい（よって、いつまで経っても単位が取得できないのだ）。

そうだ、そして組んでいる伴奏者は京古野教授だ。

ピアノ科の教授が試験で学生のピアノ伴奏をするなど特例中の特例なのだが、壱伊の言うとおり、伴奏者に関しての決まりはなかった。

いっそ学外の者でも、規定としては問題ないのだ。

けれど、どう考えても同学内で伴奏者をみつける方がハードルは低いし、練習をするにしろ、なんにしろ、理にかなっている。律の知る限り、伴奏者が桜ノ宮坂の学生ではないというケースは、乙骨雅彦と京古野教授の一組だけだ。

「俺、年内はがっつり授業を受けるけど、学院って、受験の都合で三年生の半分くらいは三学期になっても学校へ戻らないいんだ」

「も、戻らない？」

「学院の立地が山奥すぎて、あちこちの大学に受験に行くのに不便だから」

「そ、うか、不便……」

「俺は寮の階段長だし、受験勉強のためにもできればぎりぎりまで授業を受けたかったから、冬休みが明けたら学校へ戻るつもりだったけど、あ、戻るは戻るんだけど、つまり、授業の出欠にも学校の出入りにもかなりの融通が利くから、律のスケジュールに合わせて下山するし、律と練習できるよ」

「……で、でも、壱伊くん、も、自分の、受験の、れ、練習を、トロンボーンの」

「合わせるとしたら大学でだよね？　だとしたらトロンボーンの練習、むしろやりやすい気がするんだけど」

受験する大学へ頻繁に出入りして、おまけに在校生の試験で伴奏を弾いたなら、大学の様子がわかるなんてもんじゃない。しかも、なんちゃって在校生として、おそらくいろんな学生の演奏に触れる機会が得られるだろう。

「でも、ら、来年、こ、工業大学に、進んだ、ら、ば、伴奏とか、してる、時間、ない、

切り分けて、対応する。「これは緊急避難措置としてだよ、律。当座、俺が伴奏をすれば、学年末の試験はクリアできるだろ？　新年度になってから、落ち着いて、本格的に伴奏者を探すといいよ」

切羽詰まっている現状に、時間の猶予と気持ちのゆとり、そのふたつを、壱伊は律へ、プレゼントしたい。

「……し、新年度、に、なってから？」

「そう」

壱伊は大きく頷く。「律。まずは、ここを乗り越えなきゃ、だろ？」

「……うん」

「俺は、律の力になりたい」

「……うん」

「律、俺を、律の伴奏者にして？」

囁(ささや)いて、壱伊の顔が近づいてくる。——優しいそよ風のようなキス。

律は頬を紅(あか)く染めたが、拒まなかった。

しあわせのままで、いいのかな？

よ、ね……？」

「来年のことは一旦横へ置いて」

頼ってしまって、いいのかな？

「……返事は、律？」

繋がれた壱伊の手を、離したくない。──失いたくない。

壱伊が手を引いてくれるなら、その手にちゃんとつかまって、引かれるがままに、前へ進んでみたいのだ。

なんだか妙なことになっている。

そして、なぜか葉山託生まで巻き込まれていた。

「選考の審査員？　ぼくが？」

一年間の集大成である年度末の実技の試験、その名も学年末試験。ソリストとピアノ伴奏者という組み合わせで行われるので、伴奏者がいない学生はそもそも試験を受けることができない。

通常は、一年をかけてソリストと伴奏者とで試験曲を仕上げていく。一年間をまるまる使う場合もあるし、数ヵ月で仕上げてしまう場合もあるが、どのみちソリストにとってはその年のレッスンの成果を披露する場である。

学年末試験まで残り半年を大きく割ったタイミングで、涼代律のピアノ伴奏者桐島玲奈が突如として伴奏者をやめてしまった。時期が時期ということで律の新たな伴奏者探しは大変に難航していたのだが、ここに来て、ふたりの人物がほぼ同時に、空席に座るべく名乗りを上げた。

ひとりは、作曲科の別所亮太。

もうひとりが、高校生の中郷壱伊である。

ピアノ伴奏者の立候補者に、作曲科の学生と、トロンボーンの天才高校生という、謎の顔触れ。しかも別所亮太は桐島玲奈の元彼(⁉)で、中郷壱伊は年明けにこの桜ノ宮坂を受験するのだ。

これだけでもわけがわからないというのに。

そのふたりのうちどちらが律の伴奏者に相応しいかを、託生が審査して選ぶという。

どちらを選ぶかは、涼代律本人が決めるべきでは？

なぜに関係のない託生が？

――まったくわけがわからない。

「野沢くん、その場には渚教授が居合わせていたんだろ？　渚教授はなんて？」

「どちらもあり、だと」

政貴が笑う。「中郷が自由奔放なのは今に始まったことじゃないけれど、中郷、ピアノまで弾けたんだな。知らなかったし、びっくりだよ」

「野沢くんが知らなかったということは、吹部の活動場所の音楽室にはグランドピアノがあるのに、中郷くん、遊びでも一度も弾いたことがないのかい？」

「ないない、触ったことすらない」

「弾ける素振りはまったく見せなかったけれど、実は上手だったってこと？」

「小学校から中学までの校内合唱コンクールでは、クラスが変わっても、毎年ピアノ伴奏を担当していたそうだよ」

「あー……、なるほど」

託生は納得した。

指導者にもよるのだろうが、託生も幼い頃からバイオリンを習っていた過程で、バイオリン演奏以外のこともたくさん学んだ。

中郷壱伊が、小学生でトロンボーン日本一になるような音楽教育を受けていたということは、かなりちゃんとした〝音楽教育〟を個人的に受けてきているということで。

「そういえば、ぼくたちが高三のとき、夏休みの登校日だったかな、野沢くんからぼくが音大入試のアドバイスを求められたとき、音楽室で、中郷くん、聴音のやり方を忘れちゃったとかって、ちらっと言ってたような……？」

「ああ、言ってたね」

「中郷くん、幼い頃から音楽に必要とされる基礎的な勉強を一通りしてきているのか」

しかも、かなりしっかりと。

「それなのに、ちっともひけらかさなかったなあ、中郷」

尤(もっと)も祠堂学院では、ひけらかしたくとも、ひけらかせる機会がほぼない。「祠堂(うち)には校内の合唱コンクールすらなかったものなあ。合唱部もないし、俺が創部するまで吹奏楽部もなかったし」

そう、かなりの音楽過疎地ならぬ音楽過疎高校なのである。

「贅沢な音楽鑑賞会が毎年開かれているのにね」

託生が笑う。「このアンバランスさ」

どれほど贅沢かというと、かの井上佐智を、たかが高校の、それもたった一校の音楽鑑賞会に出演者として招いてしまうレベルである。

政貴と託生が二年生のときの音楽鑑賞会でのことだったのだが、その年に限らず、毎年かなり贅沢な演目が提供されている学校行事(イベント)なのだった。

「葉山くん、これはあれかなあ？　学院が創(つく)られた当初は入学に側仕えがふたりまで許されていて、今は廃止されつつある秋休みは当時、側仕えが数日かけて夏物と冬物の衣替えとして大量の衣服を運んだそうじゃないか。長い年月と時代の変化を受けてその慣習は消えてしまったわけだけれど、ゴージャスな音楽鑑賞会が伝統として今も受け継がれているということは、創立時には音楽を奏でるのは生徒以外で、生徒たちは音楽を聴いて楽しむ側、サロンというか、貴族趣味？　のような、つまり、祠堂学院に於いては伝統的に、音楽は自分たちがするものではなく、鑑賞するものだったということなのかな？」

独自の分析をした政貴へ、

「……なるほど」

託生はまたしても頷く。「祠堂の音楽環境がアンバランスな原因が、上流階級のサロン文化の残滓だとしたら、ものすごく、わかる」

「学院からかなり後で開校した学園の方は、そういう貴族趣味の部分が時流によってこそげ落ちて一般化していて、だから吹奏楽部も作られたんじゃないのかな」

「なるほど！　そうかもしれない」

二重に納得する託生。

能ある鷹は爪を隠すというけれど、壱伊はこと音楽に関して、今にして思えば、まったく余計なことをしなかった。部活の最中に、物珍しさにかられてグランドピアノを触りたがる生徒は多いのだ。定番の〝ねこふんじゃった〟を両手で弾けるようになりたいではないか。なんなら〝チョップスティック〟を、誰かと連弾したい。

そんな遊びすらしなかった壱伊。

徹底して、音楽と、距離を取っていたのである。

「中郷、本気で、音楽をやめるつもりだったんだなあ」

仲間とふざけてピアノを弾くことすら、壱伊には、もう、なんの魅力も感じられないことだったのかもしれない。

「その中郷くんが、自ら涼代くんの伴奏を弾くと言い出したのって……！」

真剣な表情で、「……………愛？」

と、呟いた託生に、うっかり噴き出してしまいそうになりつつも、

「かもね」

政貴は同意した。——天然、コワイ（可愛い）。

話が脱線しまくったが、

「葉山くん。ということで、中郷と別所くんそれぞれに試験曲の伴奏譜を渡して、ぶっつけで、涼代くんと合わせてみることになったんだよ」

「ぶっつけ？」

「それぞれと前もって合わせる時間がないから練習なしで、という理由と、もうひとつ、さすがに中郷と別所くんとでは涼代くんとの距離感が違いすぎて、それぞれと練習したならその差がもっと開くだろう？　だから、ぶっつけ本番の音大受験方式で」

今回は伴奏者のオーディションになるので、音大受験方式の伴奏者とソリストの逆バージョンだ。

「……なるほど」

何度目かの〝なるほど〟である。ひとつひとつ納得はしているものの、「もしかして、ぶっつけの場で、ぼくもぶっつけで審査する、ということ？」

「ということ」

「うわ……、荷が重いなあ」

ハードルが高い。

「申し訳ない」

政貴は詫びて、「それがさ葉山くん、中郷が譲らないのは当然として、意外なことに、なぜか別所くんも譲らないんだよね」

「……なぜ？」

「さあ？」

「……リベンジ？」

「いや、冷静に考えてみたけど、別所くんが涼代くんのピアノ伴奏をしたとしても、別所くんが報われるようなリベンジには繫がらないんじゃないかな」

「そもそもリベンジって、……樫原教授へ？　それとも、元カノの桐島さんに？」

「別所くんが桐島さんの後釜に就いたなら、普通はいかにもこれみよがしなんだけど、今回のケースは、桐島さんからすれば、だからなにって感じだし、清算した女の元彼が涼代くんの伴奏者になったところで、橿原教授にプレッシャーがかかるわけでなし」

「……ふむう」

「前提として、別所くんがふたりに対してリベンジしたいと思っているかどうかも、実はよくわからないし」

「別所くん、桐島さんに未練とかは……？」

「それが、なさそうなんだよねえ」

「まったく？　ぜんぜん？」

「気配がない」

「そうなんだ……」

託生は考え、「あ！　そもそも涼代くんは、本音では、どっちと組みたいと思っているのかな？」

「うーん……。涼代くんはおそらく、中郷の受験の妨げになりたくないんだよね。自分のせいで第一志望のT工業大の受験勉強がはかどらなくなるとか、桜ノ宮坂の受験に向けてトロンボーンの練習がおろそかになるとか、やっぱりそのあたりは気にしてるんじゃないのかな」

「……もし、受験がなかったら？」

「中郷じゃない？　そりゃあ中郷と組んでみたいだろ」

「ぼく、それを考慮に入れて、選んでもいいのかな」

「いや、葉山くんには〝音色の相性〟を聴き分けてもらいたいんだ」

「音色の相性？」

「ピアノの上手下手や、伴奏を合わせるテクニックも除外して、シンプルに音色。涼代くんのトロンボーンの響きが映える方の、ピアノの音色を選んでもらいたいんだ。葉山くんの耳の良さに懸けて」

「映える方のピアノの音色か！」

それ、組み合わせとして強いやつだ。

「ただね、俺としては、組むのが今回だけだとしたら、音色が合わなくても中郷にやらせてあげたい気持ちもあり、来年も再来年も組むパートナーを前提に選ぶなら、音色が合わなくても別所くんにすべきなのかなとも思い。矛盾してるんだけど」

確かに矛盾しているのだが、

「……でも、わかる」

頷いたものの、矛盾しているだけに、「これ、難しいな」

託生は無意識に腕を組んだ。

シンプルに伴奏者を選ぶのならば、音色の相性の良さは強い。けれど曲を奏でるだけでなく人と人として関係を続けていく上で、曲の解釈の相性、性格の相性、その他にも様々な要素が絡んでくる。人によって優先順位は異なるだろう。

ピークを過ぎた学食の隅の席。混雑はしていないのだが、それでもセルフサービスのトレイをテーブルに残して食事中を装いつつ、政貴と託生は真剣に話し込む。

「野沢くん、オープンキャンパスの最終日って土曜日だよね？　土曜日の午前中まで？」

「そう。初日と同じく学食で皆でランチを取って、それでお開きらしいよ」

「ということは、審査はオープンキャンパスが終わった土曜日の午後に？」

「その予定」

「──わかりました」

「涼代くんも中郷も別所くんも了承済みではあるんだけど、葉山くん、なにか他の予定が入っているなら調整するよ？　翌日は日曜日で、中郷も土曜日のうちに学校に戻らなければならないわけではないから」

「大丈夫。用事はあるけど、午前中に片付けておくから」

「ありがとう、助かるよ」

「それで、場所は？」

「渚教授が、教授室を提供してくれるって」

「まとめると、土曜日の午後に渚教授の部屋で選考会、だね？」

「そうです。よろしく頼むね、葉山くん」

「……はあ、でも、なんか、その場を想像すると緊張してくるよ。本当にぼくが決めてしまっていいのかな？」

「いいと思うよ？　できれば利害の少ない第三者に決めてもらいたいと、彼らも言ってたことだし。――最終的にどう転ぶかは、まあ、それはそれとして」

「……なるほど」

ここでもまた納得して、「話は変わるけど土曜日は大学は基本お休みだろ？　午前中のオープンキャンパスで、なにをするのかな」

「土曜日でも練習室を使ったり合奏の練習をしたりで学生の出入りは多いけど、講義はひとつもないからね。そこを逆手に取って、なにかしら特別な企画が組まれている可能性はあるよね」

「あ……。ホールとか、使うのかな？」

「ああそうだね、使いそうだ。ホールでの実技指導だとしたら、羨ましいね」

「うん、羨ましい」

大学の施設でありながら、学生であっても滅多に使わせてもらえない音楽ホール。充実の音響設備や舞台装置は垂涎ものだ。

「中郷といえば」

政貴がぷぷぷと思い出し笑い。「初日に別所くんの話題が出た途端におかしなスイッチが入っちゃって、実家が桜ノ宮坂からそんなに離れてないから電車で楽勝で通えるのに、ちゃんと楽器持ってきてるし、俺は律のアパートから通う！　とか言い出して、大変だったよ」

「――律？」

下の名前を呼び捨て？　いや、引っ掛かるべきはそこではなく、「涼代くんのアパートから通うって、どういう意味？」

「言葉どおりの意味」

「泊まるってこと？　涼代くんの部屋に？」

「涼代くん大慌てだよ。友だちどころか、親ですら部屋に来ても泊まっていったことがないのにって」

「涼代くんて、実家が学園の徒歩圏内ってことは、大学まで毎日通うにはさすがにしんどい距離だけどそんなに遠くはないんだよね？」

「親が来ても日帰りすると言ってたし、葉山くんの実家よりはぜんぜん近いよ」

「だよね？」

「それでいくと、中郷の実家なんて大学の目と鼻の先だから」

政貴がまた笑う。

「……それにしても、まだ付き合ってもいないのにいきなり泊まるっていうのは、しかも、通うってことは、連泊ってことだし」

健全（？）な文化祭デートから、「大胆というか、一足飛びすぎるよね」

「下心がなければ友人の部屋へ泊まるのはぜんぜん普通のことだけど、中郷にはね、下心しか、ないからな」

政貴は軽い調子でからかうが、

「中郷くん、恋敵が現れたわけでもないのに、そんなに煽られなくても」

「勝手に煽られて、勝手に焦ってるよね、涼代くんのトロンボーンを評価している思わぬ伏兵の登場に」

おそらく壱伊が評価しているのとは他の部分を評価しているであろう別所亮太。自分と同じ部分を評価していても腹立たしいが、他の場所を、となると、また格別に腹立たしいものである。

音楽であれ、恋愛であれ。

壱伊はそのふたつが混ざっているので余計に複雑なことになっているが、音楽単体だとしても、やはり壱伊には穏やかではないだろう。

「……そうか、伏兵」

「中郷の気持ちはわからないでもないけれど、とはいえ実家に帰らず涼代くんのアパートにいたならば、トロンボーンの練習だけでなく肝心の伴奏譜の練習ができないだろうに。

涼代くんの部屋にはピアノはないけど、中郷の実家にはあるんだから。伴奏者になりたいなら伴奏が弾きこなせなければ話にならないし、となると本末転倒だよね。中郷が頑張るべきは涼代くんの部屋へ押しかけることではなく、伴奏だし」

にこにこと話す政貴へ、

「もしかして、野沢くん、面白がってる？」

「がってはいないけど、レアケースだから面白いというか、興味深いというか。いつも、ふわっふわしている中郷が、涼代くん絡みだととんでもなく強くappassionatoを押し出してくるからね」

「アパッショナート？　あ、強く熱情を、ってことか」

「そうそう。まったく中郷らしくない。だから、こう見えて俺は、中郷を応援したくてたまらないんだよ葉山くん」

興味のあるなしの温度差は激しいが、感情の浮き沈みの波があまりなく、常にご機嫌で人当たりも良く、接しやすい壱伊。

親友の綱大にかかれば、

「イチはなーんにも考えてない！」

と一刀両断にされてしまうのだが、まあ、なんにもというのはさすがに大袈裟に過ぎるけれども、愛想が良くて面白くて一緒にいると楽しいのだが、素がマイペースで自由なので、要するに、つかみどころがないのである。

　中学生の頃には毎週違う女の子と遊園地デートしていたそうだが、そんなことをしていても、揉めたり恨まれたり拗れたりしなかったのは、彼女たちにもわかっていたのではなかろうか、誰のものにもなりそうにない、壱伊のつかみどころのなさが。

　音楽だけでなく、誰にも執着しない中郷壱伊。

「だってねえ葉山くん、もしかしたら涼代くんが、中郷の〝初恋〟なのかも」

「え？　まさか」

　託生は疑う。「だって中郷くんて、ギイや真行寺くんに次ぐ祠堂のモテモテ王子様じゃないか。九月の文化祭の吹部ステージに、女の子たちがドッと詰め掛けてきていたじゃないか。客席の凄まじいほどの熱狂っぷりは忘れられないよ。人気がありすぎて講堂に入り切れなかったお客さんもいたんだろ？　あの子たち全員が中郷くんに釘付けだったじゃないか。その中郷くんが、ここに来て、初恋？」

「俄には信じられないかもしれないけれどね。そういえば、渚教授が中郷のことを王子様ならぬ〝キラキラくん〟と称してね」

「キラキラくん？」

「俺には、キラキラといえば筆頭で断トツがギイで、二番手が真行寺だから、あれ？　もしかしたら俺が感じているよりももっと、世間は中郷のことをキラキラしていると評価しているのかな？　と、改めて」

「あー、それは……」

託生もである。

ギイに見慣れてしまうと美的感覚がバグる。託生の好みの問題かもしれないが、真行寺兼満も中郷壱伊も顔がケタ違いに整っているなとは思うけれども、キラキラしているかと問われたら、キラキラは、確かに、ギイのものである。――（飽くまで）託生には。

「ギイの場合は、キラキラに加えてとんでもない素性がセットになってるだろ？　で、俺たちは、入学したらそこにギイがいたわけだけど」

「……うん」

入学したらそこにいた。奇跡のような人が。――正確には、託生は入学試験を受ける教室で初めてギイを見かけたのだが。

試験会場で不意にプレッシャーに襲われた。緊張や不安でいたたまれなくなっていたときに、なぜか、彼と目が合ったのだ。

託生はすぐに視線を逸らしたものの、鼓動はばくばくと忙しなくなり――。

いや、これはまた別のお話。

「ひとつ下の真行寺の学年までは俺たちと似たような状況だったのに、中郷たちの学年でいきなり壮絶になっただろ」

「受験の倍率のこと？」

「そう。倍率が爆上がりしただけでなく、家柄も成績もハイクラスの御曹司がぞろぞろと入学してきて。他の高校に進学していればスペシャルな存在として間違いなく君臨できたであろうレベルの」

そんなハイクラスな一年生たちの中でも、更にワンランク上にいた、託生たちが密かに〝チェック組〟と呼んでいた数名の一年生たち。

中郷壱伊は、その中のひとりであった。

「ギイや真行寺という、わかりやすくて分厚い天井があったおかげで、中郷たちの学年は彼らの素性にそぐわないくらい自惚れたり浮かれたりしない手堅い学年になったけど、中郷が文化祭のたびにあれだけの熱狂に包まれても、終わればするりと元に戻るのは、天井の影響だけでなく、素の性格のせいだと思うんだ」

「……素の性格？」

「キャーキャー騒がれ慣れていようと、壮絶にモテていようと、中郷はふわっふわのままだからね。変化なし。そんな中郷が化学反応を起こすのは涼代くんにだけなんだよ」

「化学反応？　——ああ、今回の暴走のような？」

勝手に煽られて、勝手に焦って、なにもかもをすっ飛ばしていきなり好きな人の部屋へ押しかけて連泊しようとするような、反応のことか。

「相当な数をこなしているからデートスキルは高いだろうけど、中郷、好きな子とデートするのは、あの、学園の文化祭が初めてだったんじゃないのかな、とね」

「そうなのか……！」

それで、初恋？

「だから本音では、中郷に涼代くんの伴奏をやらせてあげたいんだけれども、中郷が受験生ではなくて、T工業大を志望していなかったら、一も二もなく、中郷で決まりだと思うんだけどね」

「初恋だから？」

「一所懸命な中郷を、応援したいから」

「そうか……」

「そんなこんなで、俺は先輩として中郷を贔屓しがちだし、伴奏者選び、俺だとうっかり私情を挟みそうになるから、なのでここは、ぜひ、葉山くんの力を借りたいと」

「……うーむ」

そうか、これは、断るわけにはいかないのかも。

諸事情を考慮するのが正しいのか、反対に、まったく考慮せずその場の直感で選ぶのが正しいのか。

どちらにしろ、なにより、託生の一存で律の伴奏者を決めてしまうことが本当に正しいのかも、今は措いといて、──腹は括れた。

「わかったよ、野沢くん。心して選ぶね」

本気で律の伴奏者になろうとしている壱伊に、律を想う壱伊の熱意と真剣さに、託生なりに精一杯、向き合わなければ。


ツナ、ツナ！

律が可愛くて、尊くて、しかも毎日顔を見られて（絶対に会いに行くので）、俺、このままだと死ぬかもしれない！　どうしよう、ツナ！

どうしようもこうしようもなくね？

心の中で冷静に突っ込みつつ、わざわざ学院の学生寮へ電話をかけてきて親友に惚気をぶちまけたならば、ツナに話したらすっきりしたー！　と晴れやかにさっさと通話を切った壱伊に、あいつ、なにをしに（わざわざ学校を休んで）オープンキャンパスへ行ってるんだ？　と綱大は呆れたが、音大という慣れない環境でさすがのイチもナーバスになってやしないかと危惧していたけれども、壱伊がまったくいつもの壱伊だったので少しばかりホッとした。

だがしかし。

律が大ピンチ！　は、その後いったいどうなったのか。

綱大の心配をよそに、まったく状況説明しないあたりも（絶対に報告するのを忘れている）壱伊らしくて。

まあ、平和な通常営業ということで、ひっくるめて、良しとしよう。

——壱伊はスマホの通話を終えて、ピアノの譜面台の端っこへ置いた。

綱大の声の向こう側に、がやがやとした夕食前後の学生寮の雑音が聞こえていた。耳慣れた雑音に、ほんの数日学校を離れているだけなのに懐かしくてホッとした。実家にいるにもかかわらず。

考えてみれば、生徒が学生寮を離れるのは学校全体が休みのときで、平日の夜に自分だけが学校の外にいて寮へ電話をかけるなど、壱伊には初めてのことである。だから余計に里心が芽生えたのかもしれない。たった数日しか学校を離れていないのに。

もちろん親友の綱大と話せたのも、大きい。

「……律の声も聞きたいな」

現実的に考えて、トロンボーンだけでなくピアノの練習もするのなら実家がベストだ。防音を施した練習部屋があるので、二十四時間いつでも音を鳴らすことができる。

突然降って湧いて出た別所なんたらがいなければ、律と過ごす時間をもっと持てたかもしれないのに。いや、伴奏譜をさらう時間だとて律のために使っているのだから決して無意味ではないのだが、それどころかこの道の先には律がいるのだから、ふたりの距離を縮めるために自分は頑張っているのだから、ぜんぜん無意味ではないけれども、でもやっぱり、律のアパートへ転がり込みたかった。

律を案ずる壱伊の気持ちは律へちゃんと伝わっているし、反対に、受験を控えている壱伊に伴奏をしてもらうのは、と、躊躇する、壱伊を案ずるがゆえの律の迷いも、ちゃんと壱伊に伝わっていた。

離れていても、気持ちはちゃんと繫がっているけれども、壱伊としては、物理的に律のそばにいたかった。

「俺と付き合うって、言ってくれないかなあ、律」

そうしたら、大手を振って電話番号を訊く。毎日電話をする。だって、声が聞きたい。どんなに他愛ない内容でも良い、話がしたい。

と、壱伊のスマホに着信があった。

「あれ、灰嶋さんだ」

この夏休みに、壱伊の第一志望で灰嶋にとっては母校であるT工業大学を案内してくれた、ナカザト音響の広報部に勤める若手の社員だ。律とのお揃いの指環作りを快く手伝って（指導して）くれた、きさくで話しやすいだけでなく、広報を担当しているだけあって

発想も柔軟で、面白い人物である。いつも楽しい話題を提供してくれるので、

「はい、もしもし！」

壱伊はソッコー電話に出た。

二十一時になったので、練習をやめる。

律の住むアパートは桜ノ宮坂の学生ばかりが住んでいて、周囲のアパートにもたくさん桜ノ宮坂の学生が住んでいるのだが、とはいえこの界隈は普通の住宅街なので、近隣との取り決めで、楽器の音は（歌声も）夜の九時までなら出して良いことになっていた。

トロンボーンを丁寧に拭いてケースにしまいながら、律は無意識にワンルームの狭い室内を見まわした。

物がごちゃごちゃと溢れているわけではないけれど、きれい好きということでもないのだが、トロンボーンをケースにしまってから、洗濯したての衣類をたたみ直して揃えてみたりテーブルに出ている小物を揃えたり、する。

ここには自分ひとりきりなのに、誰が訪ねてくるわけでもないのに、うっすらと緊張し

ていて、室内をきれいにしておきたくなる。

オープンキャンパス初日に壱伊が、律の部屋から大学へ通いたいと駄々をこねた、それが、未だに律の気持ちに影響を及ぼしていた。

動揺しまくりの律が反応すらできずにいると、政貴が、理路整然と壱伊の駄々を却下した。律のアパートにいては肝心のピアノを弾く機会がない。伴奏の練習もろくにする気がないのならそもそも中郷には伴奏者になる資格はない、と断言されて、壱伊は雷に打たれたようにハッとした。

だから、ここに、壱伊はいない。

いないのに、来る予定すらないのについ律は、こまごまと部屋の片付けをしてしまう。

……嬉しかった。

現実的には、もし部屋にピアノがあったとしても、壱伊にここから大学へ通ってもらうのは、多分、無理だ。

律は、部屋に誰かを泊めたことがない。——誰かの部屋に泊まったこともない。

そういうふうな友だち付き合いをしてこなかったし、恋人がいたこともないのだ。

なにもかもが初めてで、壱伊と出会ってから律の人生は初めての出来事だらけで戸惑うばかりだが、……嬉しかった。

自分たちはまだ付き合ってはいないけど、壱伊は律が好きで、律も壱伊が好きである。

そのふたりが、ふたりきりで夜を過ごすって、……どうすればいいのだろう。

律の部屋にはシングルのベッドがひとつきり。来客用の布団など、もちろんない。トイレと風呂場は別々だけれど、どちらもこぢんまりとしている。

この部屋に来たならば、壱伊くんもそれを使うのかな。

想像すると、落ち着かない。

気づくと律は、ウエットティッシュでローテーブルをぐるぐると拭きまくっていた。

そのとき、いきなりスマホに着信があって、律は驚きのあまりウエットティッシュをぽんと床へ放ってしまった。

急いで拾って、スマホの画面を確認する。着信は野沢政貴からであった。

律はまだ壱伊に電話番号を教えていないので、──律義にも壱伊は誰からも律の電話番号を聞き出していないので、壱伊からかかってくるはずがないのに、一瞬、ドキリとしてしまった。

「……なんだ、野沢くんか」

呟いて、また、驚く。

教えてはいないのに壱伊から電話がかかってくるといいなと思っていた自分に、驚く。

相手が政貴だからがっかりしたわけではないのだ。そうではなくて。……今日も大学で会ったのに。一緒にカフェへ行き、壱伊によるケーキ全制覇の本日分の過程を見守った。

そして、またしても、味見をさせてもらった。

美味しかった。

壱伊が桜ノ宮坂へ進学してくれたなら、新年度から、あんなふうに毎日を（ケーキは横へ置いたとしても）過ごせたならば、どれほどしあわせだろうか。

……でも、壱伊の第一志望はT工業大学である。邪魔はできない。壱伊の望みが叶うよう、律も応援すべきなのだ。

頭ではわかってる。

なのに、オープンキャンパスのおかげで毎日会えて、律の中でどんどんと壱伊の存在が大きくなって、自分では止められないほど大きくなってきて、――これからも毎日、会いたくなってしまうじゃないか。

別々の大学でも毎日会うのは可能かもしれない。けれど、同じ大学ならば意図せず構内でばったり会うこともある。偶然、見かけることもあるだろう。

「いや。いや、駄目だ、そんなの。欲張りすぎだ」

ぐだぐだと逡巡（しゅんじゅん）してる間にスマホの呼び出しが途切れて留守録に移った。政貴からのメッセージが吹き込まれ始める。「あ、まずい、切れちゃう」

政貴から、メールではなく電話ということは、きっと急ぎの用件だ。

律は慌てて電話に出た。

出るのは溜め息ばかりなり。――感嘆の。

「すっげ……」

目を丸くしつつも興味津々に、ステージに山のように積まれ床を埋め尽くさんばかりのコード類に接続されている多種多様な機材に見入っているのは、作曲科の別所亮太。

「壮観というより、これは、壮絶だね」

政貴の感想に、律も託生も大きく頷く。

「滅多にない機会ですので、ちょっとだけ、スタッフが張り切ってしまいまして」

と、にこやかに説明したのは、ナカザト音響の広い工場内を最短ルートで皆をホールまで案内してくれた、広報部の灰嶋である。

ナカザト音響社内のホール。掲示ではスタジオ。小ホールの規模なのだが、観客を入れて演目を披露するホールではなく、音響を追求するためのスタジオ施設であった。

律の伴奏者の座を巡って壱伊と別所が伴奏バトル（?）をするという話が社長秘書経由

で灰嶋の耳に入り、灰嶋は速攻動いた。

壱伊のピアノが聴ける、こんなにレアなチャンスをみすみす逃してなるものかと。

社内の根回しは楽勝であった。あの壱伊さんのトロンボーンではなくピアノ⁉　と、注目度も抜群であった。できればオマケとしてトロンボーンも吹いてもらいたいけれども、それはそれとして、ナカザト音響の精鋭スタッフたちが採りたいデータの候補をすべて出し、本日の機材を組みに組みまくった。

スタジオ（ホール）を提供するに当たり、ナカザト音響からの要望は、すべての演奏の録音のみ。

律たちのメリットは、時間を気にせず好きなだけスタジオを使えることと、演奏の録音データを希望する形で提供してくれる、の、二点である。

ナカザト音響からの申し出を耳にしたとき、律は引いた。引きに引きまくった。壱伊のトロンボーンの演奏に慣れている人たちの前で自分がトロンボーンを吹かなくてはならないとか、まるで拷問ではないかと。

けれどそれと同時に、壱伊が無茶な受験を真剣に志すほど大事にしている『ナカザト音響』を、そこで働いている人たちを、工場を、――自分に贈られた指環を壱伊が作った場所を、見てみたいとも思った。

双方の落としどころとして、録音はするけれどスタジオにスタッフはひとりも入らないこととなった。——問題はない。スタジオには入らなくともブースがある。機材のコントロールはすべて隣接したブースで行えるのである。

ひとつ、意外な展開が。

壱伊、律、政貴、託生、別所に、もうひとり、そこに城縞恭尋が同行していた。ピアノ科の城縞は学生たちからひっそりと〝孤高の天才〟などと呼ばれており、師事している京古野教授の指導の一環で、託生のバイオリンの伴奏者を務めていた。

託生の土曜日に入っていた予定とは城縞との音合わせの練習で、託生がスケジュールの変更を城縞へ打診した折、事情を話すと、人付き合いが悪いというより人付き合いをまったくしないのでも有名な城縞が、自分も同行したいと希望したのだ。

政貴と直接電話で打ち合わせしていた灰嶋は、ひとり人数が増えますが大丈夫ですかと打診されたときに城縞のことを知り、本日のために密かにピアノを数台用意した。ステージには一台だけだが、左右のステージ脇に一台ずつスタンバイしている。孤高の天才に、ぜひとも弾いてもらいたい。そして、ぜひとも録音させてもらいたい。

あれやそれやの滅多にない好機にスタッフのモチベーションは上がりまくりだ。

秋のオープンキャンパスは本日の昼に無事に終了し、期間中、橿原教授の壱伊への迂闊な接近はなかった（渚教授が例の件をチラつかせて事前に接近を阻止したとの噂もあるが、真相は不明である）。

「それから、これは、マイクを通した音だけに限定されるのですが、我が社の社内アプリに音をモニターできる機能がありまして、希望する社員には皆さんの演奏を聴かせてあげたいのですが、……難しいですか？」

灰嶋の質問に、意味がよくわからず皆が咄嗟に反応できずにいた中で、デジタルに強い別所が、

「その社内アプリは録音もできますか？」

と訊いた。

「いえ、ただのモニターなので録音はできません。音質は各自のデバイス性能によりますので、再生される音質も一定ではありません」

「ということは、マイクを通した会話も聞かれてしまうということですか？」

「それはこちらで調整します。曲の演奏のみ、流すようにします」

「なるほど。……不特定多数に聴いてもらうのは演奏家の本分ですし、スタジオには自分たちだけしかいませんが、壁の向こうにリスナーが何十人か、――この工場には、何人くらい勤めているんですか？」

「ここには三百名ほどです。もちろん、仕事の内容により、全員が聴けるわけではありませんが」

「あれ？」

壱伊がふと、「灰嶋さん、その社内アプリって、ナカザト音響の社員なら、世界のどこにいても使えるやつだよね」

と、訊いた。

「——世界のどこにいても?」

と、政貴。

「本日のインフォメーションは全社員に回していますが、聴く聴かないは個人の裁量ですので、そこはあまり、深く捉えなくてもよろしいかと」

にこにこと、灰嶋が答える。

ナカザト音響は日本を代表する音響機器メーカーだが、工場が国内だけとは限らない。社内アプリということは、社員は全員使っているかもしれないアプリだということで、もしかして、これ、とんでもない人数が、壁の向こうにいるのでは……?

律はみるみる不安になる。

別所の言うとおり、不特定多数に聴いてもらうのが演奏家の本分だとしても、スケールがあまりに大きすぎないか……?

律は、無意識にそっと壱伊を見上げる。

と、壱伊と目が合った。

壱伊はにっこりと笑って、すっと律の手を取った。

「俺、律のために最高の伴奏を弾くね」

　そして、ぎゅっと握る。

「……壱伊くん」

　繋がれた手が温かい。──繋がれた手が、心強い。


　渚教授の太鼓判どおり、別所亮太のピアノは桐島玲奈のはるか上を行っていた。ピアノ科でも充分に通用するけれども、本人にその気がないのでその目はない。

　その別所亮太をはるかに凌ぐのが城縞恭尋のピアノである。

　城縞のおかげで錯覚程度に残っていたピアノへの未練がきれいさっぱり消え失せたと、別所がすがすがしく笑った。

　まことに才能とは、無情だ。

　そして、壱伊のトロンボーン。

「いや、俺、涼代くんと、中郷くん、ふたりの伴奏をやりたいよ」

　別所が興奮に顔を輝かせて申し出た。「中郷くん、ぜひ俺に、きみの伴奏をやらせてもらえないか？」

壱伊は複雑な表情で、

「……検討しておきます」

と、ぼそりと答えた。

なんなら壱伊のピアノも桐島玲奈よりセンスが良かったが、政貴も別所も、そこには敢えて触れずにおいた。

ぶっつけで、ふたり交互にそれぞれ三回ずつ演奏した。三回の演奏でどう変化してゆくのかも、重要なので。

それを眺めていた城縞が、自分もやりたいと飛び込みで一回弾いたのは贅沢なオマケだとして、――やりたくなる気持ちはわかる。しかも城縞は託生の伴奏で慣れているので、ふたりよりも律に合わせるのが上手かった――あとは託生がどう判断するのかに、注目が集まった。

託生が出した結論は、別所亮太だった。

またしても暴れるかと警戒した政貴だが、壱伊は納得したような表情をしていた。

「ただの冷やかしだと思ってたけど、違うんですね別所さん」

別所のピアノは真摯だった。それを、壱伊は、感じ取った。おそらく律も感じている。

でもそれはそれとして、

「伴奏は諦めるけど、俺も、律と一緒に演奏がしたい」

壱伊は律に、告白した。

律と呼吸を合わせて演奏をして、壱伊は気が遠くなりそうな多幸感に包まれた。律を導いたり、導かれたり、ふたりの音が絡まりあうたびに、律とセックスをしたらこんな感じなのかな、と、思っていた。

「なら中郷、二本でやってみたら？」

政貴が提案する。

「二本？」

「デュオだよ、中郷と涼代くんで」

オープンキャンパス帰りの壱伊は、トロンボーンを持参している。

「律と吹けるのは嬉しいけど、でも野沢先輩、なんの曲を？」

部活に指導に来てもらっていたときも、おふざけでも律と曲を合わせたことはない。果たして壱伊と律に一緒に吹ける曲があるのだろうか？

「コンクールの自由曲」

政貴が即答する。

「えっ？『キャラバンの到着』ですか？」

ミシェル・ルグランの名曲を、政貴が祠堂学院吹奏楽部のために編曲した。とりわけ、壱伊のソロが映えるように。

「それなら2ndトロンボーンを涼代くんが吹けるよ」

「なんで、律?」

壱伊はきょとんと律に訊く。

律は、動揺して目を伏せた。

「もちろん、中郷が1stを吹いてたからだろ」

「それ、答えになってません、野沢先輩」

「いや、まんまだって、中郷。中郷が1stを吹いてたから、涼代くんは2ndを吹きたかったんだよ。だから俺は、楽譜をコピーして涼代くんにあげたんだ」

「でも、練習したところで一緒に吹くとか——」

そんな機会はないはずで、と言いかけて、壱伊は言葉を呑み込んだ。

一緒に吹く機会はないとしても、それでも、吹けるようになりたかった、ということ?

「……うそ」

壱伊の胸の奥がきゅんとする。

ああ、なんてことだ、駄目だ俺、もうめちゃくちゃ、律が好きだと叫びたい!

「その曲なら知ってるし、即興でよければ俺、伴奏をつけようか?」

飄々と別所が申し出る。

「即興で、伴奏を、あの曲に?」

政貴が驚く。さすがは作曲科、しかも渚教授のお墨付きの学生。

「でもガイドラインがあると助かるなあ。なにか譜面ある？　単旋律でもいいから」

「そ、それな、ら、の、野沢くんにコピー、して、もらった、ぼ、僕の、が」

律はクリアファイルを開き、トロンボーンのパート譜を別所へ差し出す。

「この人に渡したら、律、楽譜なしになっちゃうじゃん」

止める壱伊へ、

「心配ご無用」

別所はからりと笑うと、自分のリュックからタブレットを取り出して、「野沢くん、これ、写真に撮らせてもらっていいかな？」

と、政貴へ確認した。

「ああ、かまわないけど」

「ではお言葉に甘えて」

別所はサイズをうまく調整して、楽譜を写真に収めた。パート譜は律へ返却し、タブレットをグランドピアノの譜面台へ。

楽譜は紙が扱いやすい律たちアナログの民には信じ難い光景だが、別所は慣れた様子でタブレットに表示させたパート譜に目を走らせつつ、ぱらぱらと即興でピアノを奏でる。

さすがの城縞も、

「あの芸当は、俺には無理だな」

と、こっそり託生に耳打ちした。

専門が異なる。自由自在にピアノを弾く技術を持っているのは同じだとしても、それをどう使うかは、どう使いたいかは、人それぞれなのだ。

「だったら俺、3rd（サード）吹こうかな」

政貴が楽器ケースを持ち出した。

「えっ⁉ 野沢先輩も一緒に吹いてくれるんですか？」

「見てたら羨ましくなってきちゃったから。――交じってもいいかな、涼代くん」

訊かれて、律はぶんぶんと大きく首を縦に振った。

大好きな壱伊と、大好きな政貴と、三人でトロンボーンの演奏ができるだなんて。

政貴は手際良くトロンボーンを組み立てると、音が鳴らないようにして管に何度も息を吹き込み素早く楽器を温める。

律と壱伊も、楽器のコンディションを整えて。

楽器の準備をしている間に、ナカザト音響のスタッフが素早くマイクの本数を増やし、三人が立つ位置も整えていた。

それぞれが、それぞれの立場で、それぞれを整え、

「では、いきますか」

政貴が号令をかける。「いっせーのっ……！」

せ！　のタイミングで三本のトロンボーンが同時に鳴る。　その後を別所のピアノがリズミカルに追いかける。

　独特なノリのリズムを刻む『キャラバンの到着』。

　政貴は低音部で地味ながらもしっかりと曲の土台を支え、中音部の律は、ときに壱伊と旋律を合わせ、ときには対旋律を奏で、ときには政貴と共にリズムを刻む。そして高音部の壱伊は終始メロディラインを奏で、曲全体のめりはりをもつけてゆく。そして壱伊の十八番である超絶技巧。

　このときばかりはナカザト音響のスタッフは、アプリではなく全館の館内放送に切り換えていた。

　壱伊の高校時代の集大成でもあった、吹奏楽コンクール自由曲。その壮絶なソロ。吹部の合奏に勝るとも劣らない、即興やぶっつけとは到底思えぬ、クオリティの高い、熱い、熱い、演奏。

　ナカザト音響の未来の社長、中郷壱伊。

　その奏でる音は天下一品であると、すべての社員に知らしめるように。

　自分たちが演奏しているわけではないのに、灰嶋を始めとしたスタッフは、皆、たいそう誇らしげであった。

社長として会社に貢献するその形もまた、人それぞれだ。

社員の多くが壱伊に期待し、望むものは、自分たちが機器を通して届けたい音楽を奏でてくれる、壱伊の才能なのかもしれない。

その類い稀なる才能が、多くの社員を刺激する。

発奮させる。

壱伊はまだ、社長どころかナカザト音響で仕事をしているわけではないが、既にこうして多くの社員を突き動かしている。

それはこの世でただひとり、中郷壱伊にしかできないことであった。


日没を迎える前に、ナカザト音響の会社名が入ったワゴン車で、桜ノ宮坂大学の最寄りの駅まで灰嶋の運転で送ってもらった。

興奮冷めやらぬまま、それぞれに家路につく。

けれど壱伊は、律を帰したくなかった。——まだ別れたくなかった。

律も、まだ壱伊と、——もう少しだけ一緒にいたかった。

皆がワゴン車から降りても、律はどうしていいかわからずに、困った様子で車内でもぞもぞとしていた。

　助手席に座り、バックミラー越しにそんな律をじれじれと見つめていた壱伊は、勇気を振り絞って律へ振り返ると、

「律、俺、律をアパートまで送ってもいい？」

と訊いた。

　学園の文化祭の帰りのように、律を送り届ける。

「……え？」

　律がぼんやりと顔を上げる。

「灰嶋さん、俺もここで降りる」

「でしたら後で迎えの車をまわしましょうか？」

「迎えがなくても電車で帰れるし、大丈夫だよ。今日は本当にありがとう、灰嶋さん」

「こちらこそ、ありがとうございました、壱伊さん」

「明日には祠堂に戻るからまたしばらく会えないけど、またなにか面白いこと思いついたら、電話して？」

「わかりました」

　と、受けてから、「今日、改めてしみじみと感じ入ったのですが、わたしは壱伊さんのトロンボーンの大ファンです」

「ええええっ、灰嶋さん、なに、いきなり？」

「壱伊さんの進路について、わたしのような一社員が口出しするようなことではないと重々承知なのですが、わたしの母校は確かにとても素晴らしい大学ですけれど、この道は、わたしたち社員であってても歩める道です。壱伊さんには、わたしたちでは絶対に歩めない道を、選んでいただけたらと」

「え？　そんな道、あるの？」

「あります」

灰嶋は大きく頷いて、「壱伊さんが、未来のナカザト音響の社長に相応しくあろうと、第一志望にT工業大学を選んでくださっているのは、社員として、とてもありがたいことです。ですが、わたしたちには逆立ちしても不可能な、壱伊さんにしかできないナカザト音響への貢献の仕方というのもあるのではと、さきほど皆さんとの演奏を伺いながらしみじみと感じ入ったものですから、僭越ながらお伝えさせていただきました。壱伊さん、ぜひ考えてみてください」

「俺にしかできない、貢献の仕方……？」

「わたしたちは、壱伊さんのトロンボーンの大ファンなのです。できればまた今日のように、演奏を録音させていただきたいものです」

「お安いご用だから、いつでもオーケーだけど……」

「皆さんの演奏も、また録音させてください」

「……それは、ちょっと、約束しかねるけど」

「今日は貴重な音源をふんだんに録音させていただけて、感謝しています」

「……うん」

壱伊は曖昧な表情のまま、楽器を手に車から降りる。

走り去るワゴン車を律と並んで見送りながら、

「灰嶋さん、なにが言いたかったんだろう……？」

壱伊が呟く。

律にはなんとなく、理解できた。

「ま、いいか」

あっけらかんとふっ切って、「律、俺、送り狼になってもいい？」

と尋ねながら、壱伊が小首を傾げる。

それがとても幼く映って、愛らしくて。だが、

「……おくりおおかみ？」

とは、なんぞや？

「ちょっ、えええ⁉　律、送り狼が通じないの？　えええ？　俺、めっちゃくちゃ恥ずかしいんですけど」

いや、待てよ、通じなくてセーフなのか？　警戒されないまま部屋に上がってしまえるかも、ということか？

スマホを取り出してネット検索しようとした律を、素早く制する。

「いい、律、今の、忘れて」

「でも、気になるし」

「調べなくて、いいってば」

壱伊はスマホを持つ律の手を、スマホごと握る。そして手を繋いだまま、「律のアパートって、どっち？」

訊いておきながら、答えを待たずに歩き出した。

いや、その前に(？)、ちゃんとしておかねばならないことが。

壱伊はワンルームの律の部屋、床に敷かれたカーペットに寛ぎながら、——初めての場所でも寛げるのは壱伊の特技のひとつである——トレーナーのポケットから自分のスマホを取り出した。

ガラスのローテーブルに、すっと、置く。

ローテーブルの向こうの端には、律のスマホが無防備に置かれていた。

「そうだ。せっかくだし、並べちゃえ」

壱伊は律のスマホに自分のスマホをぴたりと並べた。

だからなにということもなく、単に並べてみたかったから並べてみた。もしここに綱大がいたら、くだらないから意味のないことはやめろと窘められていたことだろう。

律のスマホを勝手に覗いたりはしない。

律の電話番号を、勝手にチェックしたりもしない。

「……壱伊くん？」

キッチンから、コンロで沸かしたお湯をポットに入れて運んできた律が、ローテーブルに視線を落として不思議そうに名前を呼ぶ。「それ、なにかの儀式？」

「うん。儀式ってことにする」

律が、いいよって、言ってくれますように。

シングルベッドが一台置かれているだけで部屋が埋まってしまうような、ワンルームの部屋は狭いけれど、小物がきちんと整理整頓されていて、居心地の良い律の部屋。掃除も行き届いているし、たぶん洗濯とかもちゃんとやってて、律のイメージどおりの清潔そうな部屋である。

狭いから距離が近いのも仕方ない。ローテーブルを挟んで向かい合う形で座っているだけなのに、テーブルの下で膝と膝がたまに触れる（正しくは、ぶつかる）。そのたびに、表情には出さずとも、壱伊はドキリと意識してしまっているが、律はどうなのかな？

もっと近くで座りたい。向かい合うんじゃなくて、並んで。

とっくに夕飯の頃合いなのだが、食事の話を持ち出したならば、

「じゃあ壱伊くん、そろそろ帰る？」

と律に促されそうで、壱伊からは言い出せない。——正直、お腹はとても空いていた。

すると、律が、やや言い難そうに、

「あのね壱伊くん」

と、切り出した。

「まっ、まだ帰らないよっ！」

壱伊は先手必勝で拒否する。

「——え？」

ぽかんとした律に、

「あれ？　え？　違う？」

壱伊が訊き返す。だって、律がとても言い難そうにしていたから、てっきり、そろそろ帰りなさいと言い渡されるかと思った。

「や、あの、僕、料理と、か、しなくて。カップ麵、なら、あるんだけど、その……」

「食べます！　大好きです、カップ麵！」

「あ、じゃ、じゃあ、お湯、は、沸かしたから、ストック、取ってくるね」

カーペットから立ち上がった律を、壱伊は素早く追う。

キッチンの上の棚に買い置きのカップ麵が数種類しまわれていた。踵を上げて手を伸ばしカップ麵を取ろうとする律の後ろから抱きしめるようにして、壱伊は律の指の、その先へと手を伸ばす。

替わりにカップ麵を棚から下ろしてくれた壱伊へ、

「あ、あり、がとう、壱伊くん」

礼を述べた律の胸の前へと両腕をくるりとまわして、壱伊はそのまま、律をぎゅうっと抱きしめる。

腕の中の律の温もり。

律の髪の匂い。

「……律。俺と、付き合ってくれませんか？」

耳元へ囁くように尋ねる。

律は即答しなかった。

また律を困らせてるのかな？

後ろから抱きしめているから律の表情は見えない。

困らせていたとしても、もう壱伊は、待てそうにない。

「俺に、律の電話番号、教えてください」

律ともっと話したい。

離れていても、律の声が聞きたい。

律の指が、そっと壱伊の腕に触れた。

僅かでも、律が壱伊の腕を振りほどこうとしたならば、間髪容れずに律を離す心の準備をする。

律は、触れた壱伊の腕に、すっと指を巻き付けた。——律!

たまらずに、返事はもらっていないのに、もうぜんぜんゆとりがなくて、壱伊は律をこちらに向かせると貪るようにくちびるを重ねた。

抵抗されたら、すぐ離す。

でも、もし、抵抗されなかったなら——。

「送り狼って、……こういうことだったんだ」

スマホを顔の前にかざして、律が言う。

「……調べなくていいって、言ったのに」

壱伊は律の手からスマホを奪うと、ベッドの端からカーペットへすとんと滑らせた。

初めてで、ちゃんと最後までうまくやれる自信はなかったけれど、律がちょっとでも拒んだら、どんなに自分がやばくてもやめるつもりでいたのだが、律は最後まで壱伊を拒まなかった。

律の裸の胸元には、壱伊が贈ったリングがペンダントトップとして下がっている。

壱伊の右手の小指にも、同じ指環が渋く輝いている。

教えてもらった律の電話番号は壱伊のスマホに即刻登録したし、なし崩し的に行為に雪崩れ込む前に、壱伊と付き合うことを律に了承してもらった。

今日から自分たちは、晴れて恋人同士である。

「……そういえば、前に野沢くんが、あんなにハイスペックなのに中郷が調子に乗らないのは、上には上があると身をもって知っているからだって、言ってたんだ」

腕の中で、律が訊く。「上には上が、って、先輩のこと?」

「うん。先輩のこと」

ほんの少しの緊張でも言葉が躓きがちな律だが、緊張が解けるとスムーズになる。ところが、すんなりと喋れていることを意識した途端にまた緊張してしまうから、敢えて壱伊は、それには触れない。

「そんなに凄い先輩がいたんだ。——ギイ先輩、とかのこと?」

「うん、それと、真行寺先輩」

「しんぎょうじ、先輩?」

「だから俺、祠堂では三番目なんだ」

「でも、もう、卒業している先輩なんだよね? だとしたら、現役では、壱伊くんが一番目なんじゃないのかな」

「んー……、どうかなあ」

卒業していても、ふたりの存在感は大きい。未だに日常的に、下級生たちの口の端にのぼるのだから。「でも俺、別に、三番目でも気にしてないし」

「そうなんだ?」

「卑下してないし、拗ねてもいないし」

「……そうなんだ?」

「だから、律も、気にしなくていいからね」

——あ。

逆か。

そうだ、以前に律がギイ先輩に関心を示したとき、壱伊は懸命にはぐらかしていた。

「わかった。もう気にしないことにする」

律は頷き、腕枕(うでまくら)をしてくれている壱伊の肩口へ、額を寄せる。

素性にそぐわないほど手堅い学年。政貴は壱伊たちを、そうとも表現していた。

もし壱伊が、才能はそのままに、自信家で傲慢な振る舞いをする人だったならば、間違いなく律は、近寄りもしなかったであろう。

壱伊がこの壱伊だから、律は、たまらなく惹かれたのだ。

「……僕にとっては、一番目だけどな」

圧倒的な存在感の先輩たちがいたとしても、律には、壱伊が一番である。――おそらくナカザト音響の社員たちにも、そうなのだ。

世の中にどんなに素晴らしい演奏家がいたとしても、それはそれとして、彼らには中郷壱伊が一番なのだ。

「むー……、眠いけど、お腹も空いた」

壱伊がぼやく。

夕飯を食べずにコトを進めてしまったので、ふたりとも、この時間までなにも食べていなかった。

「ポットのお湯、冷めてしまっているだろうから沸かし直すよ。それで、カップ麺を作って食べよう?」

律の提案に、壱伊がふふふと笑う。

「うん、食べよう」

笑うと、あどけなさの印象が増す。

あどけないのに、壱伊は律にのしかかり、深く舌を絡めるキスをした。

「……ん、壱伊、くんっ」

「カップ麵も食べたいけど、――律、もう一回だけ、いい？」

耳元で壱伊が甘えたように囁く。

ああ、絶対、わかってやってる。

自分は三番目だからと言いながらも、壱伊は紛れもなく〝王子様〟だ。

律は壱伊を拒めない。

――拒みたくない。

「好きだよ、……律」

僕もだ。

「……僕も、好きだよ、壱伊くん……」

あとがき

最後までおつきあいいただき、ありがとうございました。『三番目のプリンス　ブラス・セッション・ラヴァーズ』楽しんでいただけましたでしょうか。

ごとうしのぶです。

前作『いばらの冠』続編の今作、ついに、ようやく、壱伊と律がお付き合いすることになりました。両片思いではなく、両思いなのに付き合ってはいない、ユニークなルートを進むカップルでしたが、これからは晴れて恋人同士です。

ごとうは元クラシック音楽畑の人間ですが、当時から吹奏楽も大好きで（と表明すると、一部のクラシックファンからは眉を顰められるというなかなかな伝統がありまして笑）、尤も、一番好きなのはより本能に近い打楽器でして、好きなものがかなりとっちかっているのですが、それが幸いし、自分の作品ではとっちらかるほど有り余る音楽への愛をだだーっと注いでおります。おかげで、書いていてとても楽しいのです。

この楽しさが、みなさんに少しでも伝わるといいなあと、願っています。

今回の『三番目のプリンス』というタイトルに関連して、一番目と二番目のプリンスたちの（この時間軸での）動向も気になるところですが、なんと、このたび、同人誌で五年間ほど展開しておりましたそのあたりの物語を、大幅に加筆修正の上で（書き下ろしも予定しています）、単行本として一冊にまとめさせていただくことになりました。

タイトルは『卒業』です。

ブラス・セッション・ラヴァーズのシリーズには（正確には）含まれませんが、地続きの物語となります単行本『卒業』、ぜひ、楽しみにお待ちください。


今回もステキなイラストを描いてくださいました、おおや和美（かずみ）先生、ありがとうございました。託生（たくみ）と政貴（まさたか）と律が並んでいるイラストがお気に入りです。三人がそれぞれ愛らしくて、癒されます。

最後に、感想（や励まし）のお手紙などをいただけますと、嬉しいです。お気に入りのシーンやイラストを教えていただけましたら、とてもとても嬉しいです。

ごとう　しのぶ

『三番目のプリンス　ブラス・セッション・ラヴァーズ』、いかがでしたか？

ごとうしのぶ先生、イラストのおおや和美先生への、みなさまのお便りをお待ちしております。

ごとうしのぶ先生のファンレターのあて先

〒112-8001　東京都文京区音羽2-12-21　講談社　講談社文庫出版部「ごとうしのぶ先生」係

おおや和美先生のファンレターのあて先

〒112-8001　東京都文京区音羽2-12-21　講談社　講談社文庫出版部「おおや和美先生」係

N.D.C.913　206p　15cm

ごとう しのぶ
2月11日生まれ。水瓶座、B型。静岡県在住。
ピアノ教師を経て小説家に。著作に「タクミくんシリーズ」「崎義一の優雅なる生活シリーズ」「カナデ、奏でます！シリーズ」などがある。

講談社X文庫

三番目のプリンス　ブラス・セッション・ラヴァーズ

ごとうしのぶ

●

2021年8月3日　第1刷発行

定価はカバーに表示してあります。

発行者——鈴木章一
発行所——株式会社 講談社
東京都文京区音羽2-12-21 〒112-8001
電話 編集 03-5395-3510
販売 03-5395-5817
業務 03-5395-3615

本文印刷一豊国印刷株式会社
製本——株式会社国宝社
カバー印刷一半七写真印刷工業株式会社
本文データ制作一講談社デジタル製作
デザイン一山口　馨

ISBN978-4-06-522531-8

ホワイトハート最新刊

三番目のプリンス
ブラス・セッション・ラヴァーズ
ごとうしのぶ　絵／おおや和美

あなたが好き。この気持ちは本物だから。祠堂学院の「三番目のプリンス」とささやかれるナカザト音響の御曹司・中郷壱伊。彼が全力で惚れ込んだ相手は、音大生の涼代律で……。もどかしい恋の行方は!?

裏切りはパリで
龍の宿敵、華の嵐
樹生かなめ　絵／奈良千春

永遠の愛を、ここに誓う――。ロシアン・マフィア「イジオット」の次期ボスと目される危険な男・ウラジーミルに、昼夜を問わず愛されている藤堂和真だったが……。「龍& Dr.」シリーズ大人気特別編！

VIP 熱情
高岡ミズミ　絵／沖 麻実也

「俺を……巻き込むんじゃなかったのかよ」和孝の恋人の久遠が組長を務める木島組は、不動清和会の抗争の火種となりつつあった。そして和孝の店にも余波が……。クライマックス直前！　急転直下の衝撃巻!!

ホワイトハート来月の予定（9月4日頃発売）

恋する救命救急医 それからのふたり ……………… 春原いずみ

※予定の作家、書名は変更になる場合があります。